Par-delà le Mur de la Colonie

Maël Lufiacre

La nouvelle lauréate du Premier Prix

Le château

Jean-Pierre Leroy

La nouvelle lauréate du Second Prix

Et 20 récits lauréats du Prix Pampelune 2025

© 2025 Pascale Leconte.
Édition : BoD · Books on Demand,
31 avenue Saint-Rémy, 57600 Forbach, bod@bod.fr
Impression : Libri Plureos GmbH,
Friedensallee 273, 22763 Hamburg (Allemagne)
ISBN : 978-2-3224-9726-3
Dépôt légal : Mars 2025

Maël Lufiacre
Jean-Pierre Leroy
Laurent Bonnifait
Pierre Buffiere de Lair
Pauline Haas
Adrien Aymard
Charles Garatynski
Audrey Sabardeil
Olivier Rovelli
Janine Jacquel
Jean-Pierre Sombrun
Mounia Lbakhar
Emmanuelle Refait
Michel Pontoire
Jacques Dujardin
Corinne Rigaud
Philippe Guihéneuc
Cyril Ducollet
Françoise Dantreuille-Vitcoq
Olivier Ngo
Denis Julin
Charlie Corlay

Le jury de l'édition 2025 est composé de :

Ségolène Tortat
Martin Trystram
Pascale Leconte

Couverture et mise en page :
Pascale Leconte
Et Pixabay

Le Prix Pampelune est organisé
par l'auteure Pascale Leconte.

La nouvelle lauréate du Premier Prix

Par-delà le Mur de la Colonie
Maël Lufiacre

Pas, après pas, après pas, après pas, après pas, après pas. Je suis les longs couloirs creusés à même la terre. Je porte une lourde charge sur mon dos. De la nourriture pour la reine. Je ne fatigue pas. Je marche. Parfois, je dois me tordre un peu pour franchir un coude. Parfois, je croise mes congénères. Je les sens toujours avant de les voir. Je connais parfaitement leur odeur. Je l'ai sentie toute ma vie. Dans mon cocon, je ne sentais rien ; maintenant, je sens tout. Enfin, tout ce qui est dans la colonie. Je sors à peine. On trouve toujours à manger juste en surface. Je n'ai pas d'autres souvenirs que les couloirs de la colonie, et l'odeur de mes congénères. Je me demande si les plus anciennes d'entre nous se souviennent d'autre chose.
Je me demande... Et je m'arrête. C'est rare, mais je m'arrête de marcher un instant. Je ne peux l'ignorer : le long des couloirs, toujours du même côté, il n'y a pas de terre. Je ne sais pas ce que c'est. C'est solide, on peut marcher dessus, mais je peux voir à travers. Je ne peux pas sentir à travers. Et de l'autre côté, je distingue des formes, des couleurs, parfois des mouvements. Je me demande souvent ce que ça veut dire. Je n'ai jamais demandé aux autres. Elles ne s'arrêtent jamais, jamais. Les couleurs et les formes étranges ne les intriguent pas.

Je me demande... Mais je suis interrompue. On me bouscule. Sans même s'arrêter, une de mes semblables me marche dessus, patte après patte après patte après patte après patte après patte. Elle ne jette même pas un regard dans ma direction, et encore moins vers... l'extérieur.

L'extérieur. Il vient d'y avoir du mouvement. Une forme s'approche. Elle est très lente. Elles le sont toujours. Le mouvement vient vers la colonie, par le dessus. Je ne suis pas très loin. Je laisse tomber la nourriture. La reine attendra. Je suis sûrement la première fourmi à penser ça.

Je monte ! Je monte, je monte aussi vite que je peux. Mes pieds s'accrochent à la terre, à ce mur étrange. Je me contorsionne, j'accélère. Je croise d'autres ouvrières, je leur marche dessus, elles sont trop lentes. Je suis la seule à pouvoir suivre mon chemin. Elles ne comprendraient pas. Le couloir menant à l'extérieur est là. Je le remonte. Et je sors.

Le voile opaque qui recouvrait la colonie s'en est allé. Je le vois, plus loin dans les airs, tenu par cette forme qui s'approchait. Mes antennes sont en alerte maximale : au-delà de la colonie, je le sens, je le sais, se trouvent de nouvelles expériences. De nouveaux sentiments. La forme se rapproche. C'est un être vivant, comme moi. Non. Pas comme moi. Bien plus grand. Son corps est différent, il semble avoir moins de pattes, pourtant au bout de ses pattes s'en articulent d'autres, plus petites, chacune semblable aux miennes. Mais bien trop rigides, et molles en même temps. Et qui bougent d'une façon si étrange. Cette créature ne possède pas d'antennes, et pourtant elle semble ressentir également. Peut-être même ressent-elle plus fort. Peut-être même ressent-elle plus vrai.

Elle semble être tournée vers moi. Je n'ai jamais ressenti une telle excitation, je la sens mêlée à une appréhension de cette vie inconnue, à l'opposé du confort connu de la colonie. Je m'approche de la créature.

Elle tend vers moi son membre difforme. Sa chair se pose à mes pieds. J'y plante une de mes griffes. Cette chose est si grande que cela ne semble pas lui faire mal ; je n'ai même pas pénétré sa peau. Je m'accroche, je me hisse de quelques pas.

Et soudainement je m'envole. Accrochée à l'immense être qui m'emporte, je m'éloigne de la colonie plus vite que je ne saurais courir. Au-delà de sa chair, je vois le chemin qui m'attend : des vallées informes de matières que je n'ai jamais vues, posées contre l'être magnifique, des monts qui se superposent et dont les dimensions m'échappent. Et loin en-dessous de moi, de nous, je discerne des formes que je peine à imaginer. Des lignes parfaitement droites. Des enchevêtrements de géométrie impossible. Des formes ordonnées, pourtant si chaotiques. L'habitat naturel de cet être.

Je sais où je dois aller. Où je veux aller. Je veux rencontrer cet être. Je veux m'approcher au plus près de sa conscience. Je m'élance à sa rencontre. Je traverse, sur sa chair, une forêt de filaments plus grands que moi, poussant à même la peau, jusqu'à atteindre cette matière étrange qui le recouvre. Je sens que la créature m'observe, me juge. Je la sens bouger son membre, m'approchant déjà d'elle. J'ai du mal à évoluer sur le terrain blanc, constamment changeant. La créature le remarque. Elle pose son autre membre devant moi, freinant ma course. Qu'à cela ne tienne, je grimpe derechef. Et lorsque j'arrive en haut, voilà qu'elle me porte en face d'elle. Face à son visage.

Ici, je suis son égal.

Je ne tends même pas mes antennes. Je comprends bien que cette forme de vie est au-delà de ce que mes pauvres organes peuvent saisir. Les siens sont bien plus gros. Deux gigantesques sphères blanches, au centre desquelles une autre sphère bleue encadre une troisième sphère, dans laquelle se concentre la plus noire des obscurités. Je scrute ce puits sans fond, qui me scrute en retour.

Et soudain, je comprends.

Je comprends que la colonie n'est qu'une infime fraction de l'existence. Je comprends que je fais partie d'un tout, qui me réduit à l'insignifiance, mais qui ne serait pas le même sans moi. Je comprends la logique qui unit les valeurs qui régissent le monde, je comprends les lois inaltérables de notre univers, je comprends que plus nous découvrons, plus il y a à découvrir. J'appréhende désormais sans difficulté les étranges formes de cet endroit, et la profondeur que peut avoir une conscience. Je suis effrayée, j'ai peur, mais je ne me suis jamais sentie aussi bien. Je comprends tout.

L'être humain éloigne sa main. Son visage rapetisse, je suis si loin désormais.

Et soudain, j'oublie.

Non, je ne veux pas oublier. Alors que l'être... L'être quoi ? Me dépose près de l'entrée de la colonie, je ne veux pas y retourner. Je retourne les informations dans mon cerveau dans tous les sens, je dois les garder ! Mais je n'en ai pas la

capacité, je le sais. Je dois essayer. La connaissance fuit de mon cerveau, il n'est pas assez grand pour tout contenir.
Il déborde. Une autre fourmi sort de la colonie. Elle ne voit pas ce que je vois, elle ne sait pas ce que je sais. Mais que sais-je ? L'être scelle à nouveau la colonie du reste du monde, par ce même voile opaque. Ma semblable – sommes-nous encore semblables ? – vient à ma rencontre. Je dois lui dire, je dois lui transmettre ! À elle, et aux autres, et à la reine !
Que lui transmettre ? Comment évoquer ces informations avec un langage aussi simpliste que le nôtre ? Jamais des phéromones ne pourront contenir les raisonnements géométriques que je sais... que j'ai su. Quels sont-ils ? Je ne sais déjà plus rien. Je sais simplement qu'au-delà du mur de la colonie, il existe bien plus de choses qu'on n'oserait l'imaginer, qu'on ne pourrait l'imaginer, des expériences qui transcendent nos sens, notre existence, un tout qui est fait de rien mais aussi de nous.
Je ne sais pas combien de temps est passé depuis ma sortie. J'essaie simplement d'y retourner. Je ne travaille plus pour la reine. Je sers une cause bien plus grande. Les autres ont, de multiples fois, essayé de me remettre au travail, sans succès. Elles pensent vouloir mon bien, mais la pensée de m'abrutir une seule seconde de plus à apporter des miettes à la reine, m'est insupportable. Elles veulent mon bien mais causent mon mal. Elles sont incapables de comprendre comme je comprends. Alors, je creuse la... Ça a un nom, mais lequel ? Ce mur cristallin qui me sépare du monde extérieur, de mon monde. Ça ne vient pas. Ce n'est pas comme la terre. Je frappe, je frappe mon crâne contre la... Espérant lui faire plus

de dégâts que je n'en fais à moi-même. Je souffre. Je m'arrête. Je ne me suis pas nourrie depuis si longtemps. J'ai refusé tout ce que les autres m'ont offert. Je sais qu'il existe de la nourriture bien plus fine, plus délicate, meilleure en tout point, quelque part au-delà de cette...
Je n'ai plus la force. Je m'écroule. Et je meurs.
Je sens la mort. Les autres me sentent morte. Elles s'y mettent à plusieurs, et me portent. Elles m'amènent jusqu'aux tréfonds de la colonie, là où s'entassent les morts. Je suis encore consciente, mais à leurs antennes, mon odeur de mort équivaut à mon décès. Elles ne se posent pas de questions. Je suis déposée sur une montagne de cadavres, tous sentant comme moi. Et laissée seule.
Le temps passe. Les idées rémanentes qui impriment encore mon cerveau telles autant de brûlures me lacèrent l'esprit.
Mais... Là-bas, dans le coin. J'aperçois la... Elle est là. Je contemple, à travers, ce monde que j'ai connu un instant comme si j'y avais vécu. Et... Il y a un trou. En cet endroit où ne résident que les morts, personne n'a jamais vu ce trou. Il est de toute façon trop petit pour nous... Comme nos cerveaux sont trop petits pour le monde. Mais je dois essayer.
Je me hisse jusqu'au passage, entre la... et la terre. J'y glisse une patte. Je sens déjà l'air extérieur s'insinuer jusqu'à mes antennes. Ma tête ne passe pas. Je force. Je force, encore, encore... Ma tête passe, mais mes antennes bloquent. Je force jusqu'à les arracher. Elles tombent, inertes, à côté de moi. Je n'en aurai plus besoin, de toute façon. Je parviens à glisser mon thorax sous la... La vitre ! Oui ! Je vois le monde extérieur ! Je glisse mes pattes, je me tords dans tous les sens,

je broie ma chair pour m'extirper de ce trou ! Je devrais sûrement éprouver une forte douleur, et une peur d'autant plus grande, mais l'euphorie est bien plus forte !

Une fois dehors, je peine à me déplacer. Je ne verrai jamais plus la colonie. Si je croisais une de mes congénères, elle ne me reconnaîtrait pas, et m'attaquerait sûrement. Je n'ai plus besoin d'elles. Je ne sais pas où aller, mais je sais que je dois y aller. Seule, car aucune autre ne sera capable d'entamer ce voyage. Ici est ma place, pas la leur. Aucune autre ne sera capable de comprendre.

La nouvelle lauréate du Second Prix

Le château
Jean-Pierre Leroy

Il était fort tôt, à l'aube de sa vie, lorsque J. fut envoyé en mission au château. J. devait demander la permission de séjour à M. le Comte. Qui avait disparu depuis longtemps.

Le grand Franz Kafka n'avait pas réservé une arrivée au château aussi absurde à son héros K. Il n'avait pas non plus imaginé le destin contrarié de son roman inachevé *Le Château*. Celui-ci fut enfanté à titre posthume contre le gré de son auteur. Une œuvre marquante de la littérature mondiale était née.

Je devais aussi être un chef-d'œuvre, un seigneur. J'ai été conçu, j'ai vu le jour et j'ai vécu ma prime enfance dans le château du *comte Émile d'Oultremont*. Je ne suis pas un descendant de ce personnage illustre, riche propriétaire terrien au berceau de notre chère patrie. C'est un aigle germanique qui a scellé le sort de mon enfance et de ma vie dans une institution au nom idyllique : *Fontaine de vie*. Fruit du romantisme allemand plutôt que de l'univers concentrationnaire kafkaïen ?

Je ne connais pas la date exacte de ma naissance. Tous les papiers officiels ont été brûlés. C'était le début d'une longue guerre. J'ai été programmé génétiquement pour être un grand fort gaillard, blond aux yeux bleus. Un bon aryen. Comme le chef, le grand blond moustachu aux bottes noires maculées de rouge. Sa couleur de prédilection dans ses fresques et frasques pitoyables et impitoyables.

J'ai donc subi mon enfance au *Schloss*. Notez bien le double *ss* final qui a son importance. *Das Schloss*, substantif neutre singulier, très singulier même. Le Château. À la fois majestueux et oppriment comme celui de Franz Kafka.

Dans mon château, il se passait des choses incroyables, effroyables même. Absurdes, ajouterait Kafka... dont l'apparence physique fort terne et la santé précaire n'en auraient pas fait un hôte privilégié.

Une blonde sculpturale aux yeux bleus était en service au château. Ses parents étaient venus nous *aider* gentiment à exploiter notre site houiller qui dressait fièrement sa belle-fleur à quelques encablures de la conciergerie du château. Elle travaillait comme femme d'ouvrage. Mais son physique – de nos jours, on dirait son look – la destinait à de plus nobles tâches. On lui avait présenté, en grande pompe, un officier aux allures de gymnaste finlandais, yeux d'azur et chevelure d'or, qui devait justement officier auprès d'elle à la gloire de l'Allemagne. Il portait le nom d'un grand musicien allemand. Il était appelé à rivaliser avec ce célèbre compositeur dans un domaine moins connu des mélomanes. Ce génial géniteur de concertos, fugues et autres cantates maniait son archet avec virtuosité puisqu'il eut pas moins de vingt enfants. Pas de la même femme, évidemment. C'est exactement ce qui était demandé, exigé de notre artilleur. Accomplir des chefs-d'œuvre humains... tous azimuts.

Ce futur étalon teutonique avait commencé sa carrière militaire dans la marine, plus précisément dans la sous-marine, puisqu'il était soldat sur – ou plutôt dans – un U-Boot. Il y avait fait long feu. Il avait, paraît-il, la fâcheuse habitude de ne pas fermer les portes derrière lui. Comme mes petits-enfants à présent. On l'avait donc muté dans une division blindée de la Wehrmacht. Les chars ont aussi des écoutilles ? Je sais, mais les soldats allemands supportaient mieux les courants d'air que les courants d'eau.

Vous l'aurez compris, le capitaine avait reçu comme mission de la plus haute importance militaire de faire un enfant à la femme d'ouvrage, en l'occurrence votre serviteur. Himmler avait imposé aux SS, Sans Scrupules, en plus de leur quota imparti d'enfants légitimes, un contrat secret et cavalier : honorer un maximum de femmes.
Ce couple, créé de toutes pièces, n'était pas le seul, au contraire. Le parc du château fourmillait de ces fiancés artificiels. Ils étaient tout excités. À l'idée de faire un enfant au Führer. Ils avaient le loisir de s'exécuter à toute heure et en tout lieu. Les accouplements étaient fort écologiques puisque la capote était proscrite. Forcément. D'ailleurs, son origine anglaise faisait qu'elle n'était pas très prisée par la Wehrmacht. Et il ne fallait pas gaspiller les munitions.

Mon papa m'a décrit dans la langue de Goethe ses balades romantiques à la Werther avec sa Lotte, ma maman, dans le parc. Il m'a même, à l'insu de celle-ci, renseigné les endroits privilégiés par le couple pour leurs ébats amoureux, initiateurs de mon existence : le berceau de la charmille, la barque ballottée par le lac, le tremplin propice au balancement des corps et le royaume du dard, le rucher. J'ai pu le vérifier à l'oreille dans le ventre de ma maman. Le gazouillis des oiseaux, le craquètement de la cigogne, le tambourinage du pic-vert et le vrombissement étourdissant des abeilles ont sonorisé mon berceau prénatal. À cette époque, le château était un centre d'insémination humaine, mais pas encore d'abeilles comme il l'est devenu par la suite. Cette fructification apicole amusante me fait presque oublier un autre son remarquable entendu à répétition dans le ventre de ma maman aux abords de la mare : le cancan des canards de... Barbarie. L'animal fétiche des *Nazis*.

J'ai eu mon baptême – de l'air – avant ma naissance, puisque c'est le gracieux héron cendré du parc qui m'a déposé dans le *Lebensborn*. Si vous ne comprenez pas ce terme, tant mieux pour vous. Les vingt-deux-mille enfants qui y sont nés connaissent eux les tenants et l'aboutissement de ce haras humain inhumain : l'adoption par des familles nazies modèles ou l'orphelinat, nazi lui aussi. L'anéantissement immédiat pour les handicapés.

J. n'a jamais eu de veine dans la vie. Ses cheveux étaient foncés et ses yeux pareils. Ce vilain petit canard était l'incarnation des ratés génétiques du Reich. J. n'a pas eu droit au baptême nazi célébré par un officier SS. Cette cérémonie avait lieu dans le hall du château avec tout le décorum militaire dévolu à un futur soldat du Reich. Pas de dague SS apposée sur le petit front de J. Heureusement, on n'a pas balancé J. dans la mare aux canards. Comme les victimes de dysfonctionnement génétique plus flagrant dont les iris étaient jaunes et les cheveux bleus.

Le Lebensborn – Fontaine de vie – possédait une crèche. Les petites têtes blondes dans leur berceau, balancées à leur insu dans ce cauchemar, étaient aussi immergées dans un bain de langue allemande, dispensé par des filles natives de territoires allemands.
Comme les mamans – et papas – qui viennent désormais s'amuser au château avec leurs jeunes enfants, ma maman élue a bien pris soin de moi, malgré mon look peu conforme à l'idéologie nazie. Et mon papa désigné me rendait même de courtes visites, sans rancune aucune, lorsqu'il venait au château, dans son bel uniforme à la croix gammée... qu'il s'empressait d'enlever et de déposer soigneusement sur un cintre... pour féconder, dans les règles de l'art, d'autres filles consentantes. Prestations que notre ensemenceur d'outre reins ponctuait, bras droit levé en relève de sa canule déclinante, d'un « *Heil Hitler* » retentissant qui faisait vibrer toutes les vitres du château. Il était très gentil avec moi. Il m'offrait tantôt un ceinturon, tantôt un tank – miniature évidemment –, un casque à pointe, et même un pistolet Luger avec de vraies balles, soit des jouets qui faisaient fureur à l'époque.
À l'école, l'instituteur jubilait en nous racontant le débarquement raté des troupes alliées en Normandie. Les Yankees avaient été rejetés massivement à la mer : ils étaient arrivés avec la marée haute et étaient repartis avec la marée basse. Et cela faisait marrer notre maître. Mon papa y était en deuxième ligne dans son Panzer, prêt à se mettre en branle.

Son canon est resté pointé vers le ciel durant toute la bataille. Mais il n'a jamais pu tirer son coup. Vraiment frustrant pour un expert artilleur et surtout père attitré comme lui.

La discipline régnant dans le château était assurément à la hauteur de la réputation allemande. Un souvenir très marquant restera la main pleine de doigts que le SS du dortoir avait balancée dans mon visage de poupon parce que j'étais allé faire pipi au petit matin. Et je ne fus pas la seule victime de cette violence purement gratuite.
Au réfectoire, un copain avait cru malin de se confectionner un monocle à l'aide de sa tranche de salami plus fine qu'une page de « *Mein Kampf* » et de toiser au travers le portrait grandeur nature de H. Himmler, l'inventeur du Lebensborn, représenté avec son monocle caractéristique. S'ensuivirent trois jours de renvoi, au salami, dans un cachot bien humide. Mais la punition la plus terrible était une machine sophistiquée installée au niveau des douves du château où le récalcitrant était écartelé en bonne et due forme. Il en sortait les bras ballants en prenant les jambes à son cou.

La nourriture n'était pas terrible, à part la sempiternelle choucroute et les récurrentes saucisses de Francfort. Un jour, on nous a servi de la salade au yoghourt mal nettoyée et remplie de chenilles. Mon papa, qui servait dans les blindés, l'avait qualifiée de *salade sur chenillettes*. Mon géniteur à répétition avait beaucoup d'humour pour un Allemand, même en français. Sa devise d'artilleur-reproducteur restera à jamais gravée en lettres d'or dans nos mémoires : « *Palance ta burée* » !

Pour créer une race épurée qui sera rapidement balancée dans les patates.

Je dois vous narrer ici une mésaventure qui m'est survenue au château. Ma maman souffrait d'anémie sévère. Cela avait échappé au médecin contrôleur qui donnait son feu vert pour la reproduction. L'armée allemande n'était pas exempte de bavures. Le docteur avait décidé de vérifier si je n'étais pas atteint de la même affection. Il avait donc fait procéder à une analyse sanguine par un laboratoire allemand. Verdict catastrophique : mes globules rouges en voyaient de toutes les couleurs. Et prise de mesures drastiques : suppression des récréations à l'école et interdiction de faire le moindre effort physique. Alors que j'étais programmé pour être un pur-sang d'une race au sang pur.
Mon instituteur ne comprenait pas cette sévérité médicale excessive. Mais les ordres sont les ordres. Les ordres allemands encore plus que les autres. Avoir été engendré par une machinerie pareille, digne d'un opéra de Wagner, était une chose, mais ne plus pouvoir faire de sport avec mes copains, c'était un *« crépuscule odieux »*.
À force de la supplier, j'avais obtenu de ma maman l'autorisation d'assister en spectateur aux matchs de football des copains. Mais pas question de me fatiguer. Interdit pour rentrer au château d'emprunter la montée très raide qui relie le lac au plateau supérieur. Ma mère était occupée à l'intérieur par son service. Et mon père était sur le front de l'Est. Tout profit pour mettre mon plan à exécution. J'ai commencé à gravir les différentes pentes du parc, d'abord à allure modérée,

ensuite à un rythme plus élevé. La forme physique revenait. Mais le parc vallonné, pourtant très spacieux, ne suffisait plus à mes désirs et besoins exacerbés d'effort physique.

Quand je revenais du « foot », ma maman s'assurait toujours que je n'avais pas consenti le moindre effort. Je ne lui ai jamais révélé mes exploits athlétiques qui me donnaient une pêche d'enfer pour un écolier. Mon jeune âge faisait que je ne comprenais pas comment on pouvait être à la fois anémique et souffreteux selon la faculté et se sentir en pleine forme. Tout comme le directeur de la *« Fontaine de vie »* n'avait jamais digéré mes yeux marron alors que mes géniteurs supposés les avaient bleus.

Un jour, un messager a été dépêché au château. Ce n'est pas du Kafka, mais cela aurait pu. Il était porteur d'une missive émanant du laboratoire allemand. Celui-ci s'excusait d'avoir procédé à mon analyse sanguine avec des réactifs périmés. Il fallait donc la considérer comme non pathologique. Tout le monde s'était fait du mauvais sang pour rien, moi le premier... qui n'ai jamais eu de veine.

Je devenais trop âgé pour rester à la Fontaine de vie. *Un enfant du Führer n'a pas besoin de parents.* On m'a expédié sans autre forme de procès – notre Kafka est toujours bien présent – dans un autre château, un pensionnat près de Cologne qui formait la jeunesse hitlérienne. C'est le même énorme aigle qui m'y a accueilli dans la cour d'honneur avec ses croix gammées ridicules collées au bout des ailes comme des sparadraps.

Ma mère, en raison du raté aryen que j'étais, n'a plus pu prêter son corps à une autre expérimentation. En représailles de son accouchement décevant, la *poulinière du Château* a été envoyée dans un *camp de redressement*. Mon père a eu pas mal de rejetons, mes demi-frères et sœurs, beaucoup plus conformes à son physique et à la mission qui lui avait été confiée. En récompense pour ses dons de sperme au grand Reich, le Hauptmann, littéralement *homme important*, a gravi les échelons dans la hiérarchie militaire allemande jusqu'à devenir aide de camp personnel du Führer lui-même. Sa principale tâche consistant désormais à ouvrir la porte aux visiteurs, reçus en audience, et à la refermer derrière eux.

Mes courses salutaires au château ont fait de moi un coureur de longue distance. Je me suis même mesuré aux champions blonds aux yeux bleus scandinaves dans la course internationale de ski de fond qui passe devant Linderhof, le château romantique de Louis II de Bavière. Je suis resté bilingue allemand-français. Je porte donc à jamais en moi les stigmates d'une expérimentation folle. J'ai enseigné l'allemand, langue paternelle, dans le lycée qui a succédé à l'école nazie à Cologne. Gommées les croix gammées de l'aigle. Cela facilite l'oubli des exactions du passé par ceux qui ne les ont pas vécues.

Le roman inachevé *Le château* du maître de la littérature se termine en queue de poisson. *Le château*, plaidoyer d'un nourrisson de l'absurde, ne peut se le permettre.

J. n'a plus jamais revu ses géniteurs, J. ainsi que tout l'alphabet de A. à Z. Parmi eux, B., engendrée au château, déportée en Bavière, renvoyée en

France par erreur et adoptée. B. a retrouvé la trace de sa mère biologique décédée et la photo d'un officier allemand. En raison de traumatismes psychiques, P. a souffert longtemps de troubles corporels de balancement. Le dossier retrouvé par D. lui a permis, tel un pendule, de revivre sa vie en sens inverse en remontant à sa « Source de vie ». F., rejetée socialement en Norvège, émigrée en Suède, a été la vedette d'un célèbre groupe musical. Les enfants nés de « collaboration horizontale » comme H. ou W., écrivaine de renom, ont aussi subi des discriminations et des atrocités qui n'étaient plus nazies. La double peine !

Tous ces enfants eugéniques n'ont jamais été reconnus comme victimes vivantes des Fontaines de vie. À Nuremberg, qui a aussi vu naître les lois raciales, la balance de la justice n'a pas toujours penché du bon côté. Les responsables du Lebensborn n'ont pas été condamnés. Les desseins du monstre maléfique dans le ventre de la bête nazie n'ont pas été percés. Ce drame de milliers de personnes, un détail de l'histoire ? Cette nouvelle, bébé plume au regard d'un pesant fardeau d'ignominie. Mais peut-être aussi matrice d'une plaque commémorative restaurative :

« Toi qui viens en classe nature au château.

Toi qui t'amuses sur ses balançoires avec tes parents et grands-parents.

Toi qui viens ici écouter et déclamer des récits fantastiques.

Souviens-toi de l'histoire tragique d'enfants comme toi. Ils sont nés au château, mais ils n'ont pas eu de maman, de papa et de grands-parents. »*

---

* *Chute d'une nouvelle lauréate du Prix Pampelune*
Signé : J., engendré au château.

Entre les lignes

Laurent Bonnifait

Mon ami,

Je suis prêt. Voilà des semaines que je m'y prépare, bien que l'idée me révulse. Plier devant ces hyènes, comment me résoudre à cette injure à moi-même ?

Ils me traquent depuis des mois, et c'est aujourd'hui que ma course s'achève. Ils ont débarqué ce matin au port dans la lumière blanche de l'aube, à la faveur de la marée. Je le sais aussi bien que si je les avais vus de mes yeux. Je sens qu'ils approchent, ils seront bientôt là. L'air est plus dense qu'à l'accoutumée, comme empreint d'une vibration sourde. Le chant des oiseaux même se fait plus pesant, plus précautionneux. Ils savent que le cri des armes va retentir et qu'il imposera le silence derrière lui, la plus étrange marque de la mort, la plus brutale.

Je n'ai rien dit à Dorius. Il est mon dernier serviteur. Je les ai tous libérés il y a longtemps, lui seul a refusé de me quitter. Il m'accompagne depuis toujours, tu dois sûrement te souvenir de lui, de son visage si austère qu'il en est parfois comique malgré lui. S'il était d'une autre naissance, je l'appellerais mon frère. Il m'est dévoué au-delà du raisonnable. Malgré mes colères, mes caprices quotidiens, et malgré même ma vie de fugitif, il est encore là, fidèle comme seul sait l'être un chien.

J'espère qu'il saura renoncer à cet entêtement acharné lorsqu'il lui faudra sauver sa vie. Je sais qu'il est inutile que j'essaie de le chasser, il est trop tôt encore. Il protesterait, il pleurerait, il me harcèlerait sans relâche pour me convaincre de fuir encore. Je ne me sens pas le courage de subir ses jérémiades, et encore moins de le frapper pour le faire taire. Pas aujourd'hui, pas le dernier jour. Nous méritons mieux lui et moi.

Je ne veux plus fuir. Je suis en paix je crois. Depuis cette maison en hauteur où je suis venu me cacher et où je vais mourir, j'embrasse une dernière fois la mer incendiée d'un soleil encore bas sur l'horizon. L'horizon, je l'ai si souvent pourchassé, avalant les plaines, fendant les montagnes, m'épuisant à rejoindre mes alliés de demain en fuyant ceux d'hier, devenus mes pires ennemis après que je les ai trahis ou simplement déçus. Tu le sais, intriguant est un métier à hauts risques. Ma vie ne fut qu'une course échevelée entre manigances et trahisons. De plaisirs fugaces en fuites au cœur de la nuit, la peur au ventre, obéissant à une détermination sans faille, celle de rester en vie coûte que coûte. C'est une profession qui coûte cher à celui qui souhaite l'exercer avec ferveur, d'autant plus s'il veut l'exercer longtemps. Dans ce métier plus que dans tout autre, survivre exige des sacrifices.

Ainsi, à cette existence chaotique assignée à l'obscurité, j'ai abandonné tout ce à quoi les autres hommes prétendent, tout ce pour quoi ils s'acharnent désespérément à ramper ici-bas. Cette vocation a tout dévoré, mais elle n'a rien pris que je ne lui ai donné de mes mains. Ma triste histoire familiale m'a épargné d'avoir à m'amputer de ce côté-là, j'héritais ainsi d'une sorte de prédisposition. Les amis, ou ceux qui auraient

pu l'être, n'étaient que des relations utiles, pour lesquelles j'avais de l'estime, parfois même de l'affection. Mais quand venait l'heure de les trahir ou simplement de disparaître, je n'hésitais pas une seconde. Aucun attachement n'aurait pu me faire dévier de ma route, c'est ce qui faisait ma valeur, garantissait ma réputation et mes honoraires exorbitants. À ma façon j'étais inflexible. Ma fidélité se négociait chèrement au plus offrant, mais sans jamais être pour autant tout à fait garantie. Mes clients ne pouvaient jamais s'en assurer en menaçant la vie d'êtres qui m'auraient été chers. J'ai su rester libre de tout lien, absolument libre.
Le goût de la solitude et un cœur sec sont des qualités indispensables du métier. Il n'y a pas de place pour les sentimentaux. Dans le meilleur des cas, ceux-là abandonnent la profession après avoir senti planer les premières menaces, sur un parent, un ami, une épouse, un enfant. Et dans le pire des cas, ils abandonnent trop tard... Nos employeurs sont puissants, et très déterminés. Pour traiter avec eux d'égal à égal, il nous faut être plus déterminés encore, là est notre puissance. L'attachement est une faute, la solitude une vertu. Il n'y a de place que pour l'élite : des êtres d'exception qui choisissent de s'arracher aux passions humaines. J'ai choisi l'excellence et ses conséquences. Non que je n'aie jamais éprouvé aucune affection, c'eut été trop facile. J'ai payé le prix, comme les autres de ma caste. J'ai aimé des femmes, souvent, et même tendrement à l'occasion ; j'ai eu des amis, parfois presque des frères ; mais jamais ces affections pourtant sincères n'ont été un poids, et je n'ai jamais hésité à les sacrifier. Au besoin, en une seconde, je rendais grâce pour ce

que j'avais partagé avec eux, et l'instant d'après, ils ne pesaient pas plus lourd sur mon cœur que le dernier des inconnus.

Mais je ne crois pas que je t'apprenne là quoi que ce soit, même s'il y a bien longtemps que nos chemins ne se sont plus croisés, tu me connais aussi bien que je te connais. Tu sais que je t'aurais abandonné sans remords si j'y avais été porté. Et d'une certaine manière, je l'ai fait. Je n'ai cependant pas eu à te trahir, heureusement. Oui, car vois-tu, malgré mon existence d'abnégation et mon cynisme assumé, tu as étrangement gardé pour moi une place particulière, comme un souvenir d'enfance dont on ne peut se défaire. Année après année, sans le comprendre, on finit peu à peu par lui appartenir plus qu'il ne vous appartient.

À la faveur des voyages qu'imposaient mes affaires, nous perdre de vue était inévitable, et je dois avouer que cela ne m'a pas coûté le moins du monde.

J'avais choisi ma voie et j'acceptais ce qu'elle exigeait de moi avec l'enthousiasme de la jeunesse. Cependant, malgré la distance et le temps, j'ai souvent pensé à toi, à ta droiture, à ta façon de revendiquer tes idées, ton honneur avec dignité, en pleine lumière. Les échos qui me parvenaient de toi ne faisaient que confirmer la trajectoire que tu avais initiée dans ta jeunesse, celle d'un défenseur des causes justes. Comme un reflet inversé de ma propre existence vouée au secret, ton image dorée m'aidait à comprendre ma place dans la famille des hommes. J'avais perdu ou renoncé à tout repère, tu es ainsi devenu un appui par rapport auquel je pouvais me situer, une étoile unique dans un ciel vide.

Allons, j'ai toujours détesté la mièvrerie et me voilà pris en flagrant délit. Tu me le pardonneras, je le sais. Tu as toujours su pardonner aux hommes leur médiocrité, je t'admire pour ça. Si l'histoire avait été différente, quel homme serais-je devenu ? Peut-être un autre toi-même, la vertu et l'honneur personnifiés, qui sait ? Nous aurions été de l'autre chacun le double, mais la nature n'aime pas les répliques. Les jumeaux ne sont semblables qu'en apparence.

Habité par l'esprit de rébellion et le goût de l'aventure, je renonçais donc à la vie facile qui me tendait les bras. Je m'excluais de la société, et peu à peu cultivais cette misanthropie naissante et en récoltais les premiers fruits amers. Je découvris que mon mépris pour les passions humaines, allié à une profonde compréhension de celles-ci, me permettait de me placer au-dessus des hommes quels qu'ils soient, et de les manipuler en jouant de leurs désirs et de leurs peurs. Ainsi, paradoxalement, je fuyais l'humanité en plongeant en son cœur malade, là où les princes se disputent le privilège d'écraser les faibles.

Pardon, tu te demandes sans doute pourquoi je t'écris cette si longue lettre, et pourquoi à cette heure de ma vie et bientôt à celle de ma mort, je me répands ainsi à tes yeux. Ce n'est pas une confession, tu t'en doutes, je n'ai guère de regret. Je ne demande d'ailleurs aucune absolution, aucune bénédiction. À personne, ni homme, ni dieu. En vérité tu sais bien pourquoi je t'écris. Car depuis des mois, où que j'aille dans le plus grand secret, je me vois contraint à la fuite quelques semaines à peine après mon arrivée dans un nouveau refuge. J'ai vite compris qu'il y avait là un hasard qui n'en n'était pas un. J'ai aussitôt sollicité les quelques anciennes relations que j'avais épargnées et qui m'avaient conservé quelque amitié. Leur enquête fut difficile et longue, mais sans l'ombre d'un doute, elle te désignait comme l'instigateur de la traque qui me visait. Usant de ta position et de tes connexions nombreuses dans tous les comptoirs de commerce, tu avais cherché et retrouvé ma trace, implacablement.

Peut-être ne me croiras-tu pas, mais parmi les rares amis que j'ai eus, tu es sans doute celui que j'ai le plus aimé. Cette blessure que tu m'as infligée en est d'autant plus brûlante. Mais au fond on a les rôles que l'on peut et tu as la chance, ou plutôt disons que tu as fait en sorte d'avoir la chance de t'attacher l'amitié des puissants. Je ne peux pas t'en blâmer, je n'ai jamais fait autre chose. Ils exigent que tu leur offres ma tête, et il te faut les satisfaire, tu n'as pas d'autre choix. Ils te tiennent, car tu as encore trop de choses à perdre en ce monde, trop de vies qui te sont chères. Mais peut-être ont-ils simplement réussi à te convaincre que mes actes sont une menace pour vos ambitions, et que ma simple existence pèse sur le destin de notre nation ? J'avoue que cette idée flatte malgré moi mon incorrigible orgueil. Je la savoure avec délectation, c'est la dernière fois.

Tiens, je les entends, tes soldats sont là, ils se ruent contre ma porte comme des damnés. Dorius est venu me trouver en panique. Il a lu dans mes yeux qu'il devait fuir sans moi. C'est ce qu'il a fait, non sans m'avoir embrassé en pleurant. Il vivra, je suis content. Et bien que je ne le mérite pas, ce monde portera quelqu'un qui se souviendra de moi avec tendresse.

Ils déchiquettent le bois en hurlant, quel est donc le monstre qui mérite qu'on le pourchasse ainsi ? Je vais laisser ces brutes émietter la porte. Puis ils entreront en furie, cavaleront dans la maison en détruisant tout sur leur passage. Enfin, ils arriveront sur la terrasse où je les attendrai face à la mer. Je les regarderai en souriant, et avant qu'ils ne me saisissent, dans un ultime geste libre et libérateur, je me trancherai la gorge.

Oh j'ai peur bien-sûr, je l'avoue sans honte, et je tremblerai sans doute un peu tout à l'heure. Mais je suis trop fier pour laisser ces hyènes immondes me toucher, me frapper, m'humilier, me juger, me condamner, m'écraser comme un vulgaire insecte. Je refuse cette indignité. Ma mort m'appartient. Je l'appelle, j'ordonne et elle m'obéit. Je fais de ma mort un acte de puissance et un acte de vie. Il ne s'agit pas d'héroïsme, et je reconnais humblement la possibilité d'une certaine lâcheté dans ce geste. Mais j'ai gardé quelques principes, et c'est en homme libre que je veux mourir. Qu'ils se contentent de ma carcasse.

Peut-être viens-tu de lâcher cette lettre. Parce que les lignes précédentes t'ont rappelé que je ne suis pas homme à me laisser tuer sans un geste, sans une riposte, quand bien même en cet instant je n'aurais plus rien à attendre de la vie, car mort et déjà froid. Tu ne liras donc pas les derniers mots que je t'écris. Tu t'es précipité jusqu'à tes appartements et tu prépares un sac à la hâte, ou peut-être es-tu même déjà dans la rue, courant à perdre haleine pour échapper à quelque mercenaire que j'aurais commandité ? Dorius lui-même, qui sait ? Tous tes efforts sont inutiles. Tu n'auras pas prêté attention à la fine couche de poussière qui recouvre les feuillets de cette lettre, comme un plausible héritage du long voyage qu'ils auront fait depuis mes mains jusqu'aux tiennes.

Ce poison violent, rapide sans être fulgurant, t'aura, je l'espère, laissé le temps de lire l'essentiel de cette lettre que j'ai sincèrement pris grand plaisir à écrire. Je n'ai pas eu souvent l'occasion de me confier à un ami.

Pardonne-moi, je t'ai menti. Dorius est là, chez toi, je lui ai donné des instructions avant qu'il ne m'abandonne à mon sort. Il a porté la lettre jusque chez toi. Il a veillé à ce qu'elle te soit remise en main propre et que tu sois le premier à la décacheter. Plus tard, il la brûlera. Et au cas où, par miracle, tu échapperais au poison, il t'exécutera bien-sûr.

Cette lettre est donc muette désormais, elle gît par terre alors que tu agonises quelque part en te tordant de douleur, une écume blanche aux lèvres. Dorius ne sait pas lire et détruira ces pages. Aucun esprit n'entendra les derniers mots que j'écris. Alors pour qui sont-ils ? À qui s'adressent-ils réellement ? À moi-même ? Au dieu du silence ? À celui de la mort et de la vengeance ?

Je suis un mort qui écrit à un autre mort. Mais n'est-ce pas toujours ainsi ? La vie n'est qu'un espace étroit où les morts peuvent pour un moment s'aimer ou se haïr, se l'écrire, se le crier au visage, encore et encore, saigner, pleurer, rire parfois. Mais en vérité, tout ça n'a aucune importance n'est-ce pas ?

Adieu mon ami, mon seul ami.

Le cabinet de curiosités

Pierre Buffiere de Lair

C'est mon beau-frère Lucien qui m'avait donné le conseil. Tel qu'il me connaissait, je serais sûrement ravi de découvrir une attraction méconnue des environs, le cabinet de curiosités de John Dwarf, un excentrique collectionneur installé de longue date dans une impasse du centre-ville mais qui n'avait décidé que depuis peu d'ouvrir sa demeure au public. Ce qu'il collectionnait, Lucien refusa de me le dire. Il prétendit que cela gâcherait le plaisir de la découverte et que pour qu'il vende la mèche il faudrait le payer cher. Mais il m'assura en souriant que ma curiosité y trouverait son compte et qu'il valait mieux que j'y aille tôt, tant je risquais d'y passer du temps. Je m'étonnai un peu de ce soudain intérêt pour mes loisirs, mais l'ennui suintant de cette petite ville était tel que toute distraction inédite était bonne à prendre. Tout en acquiesçant, je pris le jeton qu'il me tendait et qui me donnerait un accès gratuit à une attraction.

Dès le lendemain, je me rendis à l'adresse indiquée. La bicoque était insérée entre deux immeubles modernes, comme un signe de résistance immobilière ou d'oubli cadastral. La large façade à colombages, dressée sur trois niveaux, ne laissait voir que quelques fenêtres étroites et opaques. Encadré de deux colonnes de pierre, à la grecque, le porche d'entrée était

surmonté d'un surprenant bandeau gravé portant l'inscription LIBERTÉ – ÉQUALITÉ – FRATERMOITIÉ.
Je m'étonnais que l'on pût à notre époque oser afficher cela, mais les Monuments historiques avaient dû accorder une dérogation. Ainsi que conseillé par une affichette, j'utilisais le heurtoir de porte pour signaler ma présence.

Comme je m'y attendais, l'huis s'ouvrit lentement en grinçant, dégageant d'abord un large golfe d'obscurité dans lequel je finis par distinguer la silhouette d'un homme qui ne devait pas dépasser un mètre quarante. Un sourire engageant compensait l'étrange accoutrement qu'il portait, mélange de sobriété médiévale et de fantaisie Renaissance. Comme si nous nous étions vus la veille, il m'invita à franchir le seuil, me fit régler le prix modeste de l'admission et me demanda obséquieusement de bien vouloir signer un registre qui tenait plus du grimoire que du livre d'or. Il me tendit une plume trempée dans une encre violette et je m'exécutais, encore dans l'irréalité de la pénombre de ce hall d'entrée.

La visite pouvait donc commencer et comme si de rien n'était, *Mr.* Dwarf – il insistait sur la prononciation du *mister* – se mit en train de commentaires. Il s'exprimait dans un français châtié mais avec un fort accent d'Europe centrale que j'avais du mal à situer entre ceux de Transylvanie et des Carpates. Il m'expliqua avec prolixité qu'il avait beaucoup baroudé et passé sa vie à amasser des curiosités linguistiques ; il les avait finalement réunies ici et souhaitait les mettre en valeur pour l'édification des générations futures. Par sécurité, je devais couper mon téléphone portable (qui ne recevait d'ailleurs plus de signal), éviter de toucher les mots qui

pouvaient trainer dans les couloirs et parler bas pour ne pas effaroucher ceux qui n'étaient pas encore habitués aux visiteurs. D'ailleurs, les questions stupides étaient déconseillées et il suffisait de regarder. Il semblait se jouer de ma perplexité et de mon incompréhension. Il m'indiqua que nous ne pourrions visiter que la section en langue française, récemment achevée et composée de salles thématiques.
Le circuit ne durerait donc, selon ses dires, « qu'un certain temps ».

L'espace d'accueil était un immense aquarium digne des meilleurs musées océanographiques. Dans des reflets irisés se déplaçaient librement des grappes de termes issus des meilleurs dictionnaires, d'incunables ou de manuscrits médiévaux, de graffitis urbains ou de parlers ruraux. De gras maquereaux argotiques y côtoyaient d'aristocratiques anguilles scientifiques ou le lexique phosphorescent des termes ampoulés des pédants de toutes les époques. Je restais hébété devant ce spectacle ondoyant et bariolé jusqu'à ce que mon guide me tirât par la manche. Il fallait poursuivre : cette marée de mots n'était qu'un hors-d'œuvre, un vivier temporaire pour les autres parties du musée. Une fois nomenclaturé, chaque terme serait traité et rejoindrait son tableau final. J'aurais l'occasion de les admirer de près.

L'exposition se poursuivait le long de couloirs desservant des pièces semi-ouvertes, consacrées à des thèmes mis en scène de manières différentes. Je ne me lassais pas d'admirer comment un tel agencement avait pu trouver sa place dans le modeste pâté de maisons visible de l'extérieur. Même si des escaliers ou des miroirs élargissaient la perception de l'espace, il me semblait me déplacer dans un dédale démesuré ; en plus de celle du temps, je commençais à perdre la notion de l'espace.

La première pièce présentait de manière classique des vitrines soigneusement étiquetées dans lesquelles les vocables étaient classés par catégories. Tels des coléoptères exotiques, ils gisaient épinglés sur des tapis de velours, parfois disséqués et laissant apparaître de multiples racines. Plus loin, la salle nommée *Paradis tératologique* était garnie de rayonnages supportant quantité de bocaux scellés. On y trouvait, baignant dans une sorte de formol, tout ce que l'être humain avait fait subir comme tortures à des mots anciens : aphérèses par tranchage de la tête, apocopes par équeutage familier, haplologies par contraction interne ou métathèses par dislocation des syllabes. Avec une certaine fierté, Mr. Dwarf sortit spécialement pour moi un exemple de son récipient. En le secouant, il me démontra comment le vêtement du « marchand d'ail » était devenu avec le temps le « chandail » bien connu. Puis, vu l'odeur, il se hâta de le ranger dans son pot.

Tout ce spectacle laissait un étrange sentiment de malaise, flottant dans les remugles du lieu. On se prenait à méditer sur l'infatigable capacité de l'esprit à triturer ainsi la langue des ancêtres, à sans cesse expérimenter des combinaisons nouvelles sur ces êtres sans défenses. La tête finissait par tourner, tout comme l'heure sans doute. Mon guide me précisa alors que nous allions découvrir le clou de la visite, objet de tous ses soins de jardinier méticuleux, son immense *Forêt étymologique*. On ne pouvait être déçu : sous une voûte d'une bonne dizaine de mètres de haut se déployait en effet une luxuriante végétation dont la logique échappait à toute analyse. D'épais troncs de langues du monde entier plongeaient profondément dans un terreau immémorial, une couche d'humus de plusieurs millénaires. De tous côtés ils se ramifiaient, portant aux quatre coins de cet immense hémisphère tous les dialectes ou les patois qu'on pouvait imaginer. Des lianes passaient de l'un à l'autre, gorgées de sève migratrice et d'idées voyageuses. Partout pendaient, comme aux arbres de Noël, des idéogrammes, des alphabets, des hiéroglyphes. Le spectacle était saisissant…

Visiblement réjoui de ma stupeur, le conservateur de cette Babel végétale me commentait à l'envi toutes ses finesses. Le murmure en fond musical ? C'était celui des bouches qui sur toute la planète susurrent et s'exclament. Le crépitement à intervalles réguliers ? Celui des néologismes qui bourgeonnent et éclatent en permanence. L'humidité ? Celle de la serre tropicale dans laquelle nous vivons et des moussons de verbiages de plus en plus fréquentes… Cet homme, ce nabot, avait décidément réponse à tout.

En tournant autour de ce vivant sortilège, j'entrevis soudainement une tache de lumière éloignée, apparemment nichée au bout d'une longue galerie. Un panneau lumineux affichant un petit bonhomme en train de courir et la mention SORTIE me confirma que mon salut se situait dans cette direction. Prétextant un rendez-vous, je pressai mon hôte de me raccompagner. Je reviendrais bien entendu, tant son incroyable entreprise (j'évitais le mot capharnaüm) pouvait prendre des heures de visite. Me crut-il vraiment ? Je ne sais pas ; mais dans le long boyau qui menait vers le jour et le soleil, il me convainquit d'une dernière exploration.

En effet, pensant ouvrir le musée aux familles avec enfants, il était en train d'équiper toute une grande volière qui serait peuplée de mots colorés et amusants susceptibles de laisser le visiteur sur une note enjouée. La cage contenait déjà de nombreux spécimens de termes bigarrés : interjections exclamatives, onomatopées de cours de récréation, bruits divers flottant dans leurs phylactères de bandes dessinées. Je notai de nombreux mots formés par doublement d'une syllabe.

Ce sont des tautonymes, précisa-t-il, *toujours très distrayants ! Des joujoux en quelque sorte, ou des grigris qui ne font pas de chichis quand on les marmonne. Pour les faire fonctionner, introduisez dare-dare le jeton de Lulu dans le trou-trou du bip-bip…*

Il partit d'un immense éclat de rire, comme un bébé se grisant de ses propres balbutiements. Au moment même où j'insérai mon jeton, il referma derrière moi la porte de la volière dans un clic-clac sans appel. Les mots-jouets se mirent aussitôt en route et commencèrent à piailler et à tourner dans tous les sens. Ils me faisaient une fête bruyante et lumineuse, comme pour m'accueillir parmi eux. Je n'eus que le temps de me réfugier sur un bambou neuf qui n'attendait que moi, perchoir idéal pour l'avenir. Je m'ébrouai, poussai un cri rauque, lissai mon nouvel habit de plumes.

Dans la cacophonie ambiante, j'entendis le remerciement chaleureux de Mr. Dwarf : *Merci d'avoir signé pour participer à notre entreprise. Les enfants vont vous apprécier.*

Et lorsqu'il me demanda ce que je répondrais lorsqu'ils me demanderaient mon nom, je me sentis fier comme un paon de cancaner de ma voix la plus musicale : *Pa… Papapa… Papageno !*

La plaque funéraire d'Imar
Pauline Haas

Il était une fois un petit royaume fait de monts et de forêts, traversé de rivières encaissées bordées de hautes falaises de craie et parsemé de villages et de bourgs. Dans le paisible village de Ghanou, Imar et Nulmia vivaient leur amour qui n'aurait connu aucune ombre s'il n'avait été une coutume aussi ancestrale que cruelle. Quand un homme commençait son voyage allant du monde des vivants vers le royaume des morts, on le plaçait dans sa chambre mortuaire : une petite pièce sans fenêtre construite en grosses pierres. Une ouverture de la taille d'une porte restait béante tant que le mourant n'avait pas rendu son dernier soupir. Puis, on murait la chambre et on apposait la plaque funéraire du défunt : belles et ouvragées, ces plaques étaient des merveilles.
Quant à l'épouse, elle devait prendre une infernale décision : rester dans la chambre pour y périr dans d'atroces souffrances, ou quitter chambre et village. La majorité des épouses passées veuves demeuraient dans la chambre, mourant lentement de soif et d'angoisse, passant par la folie avant de rendre un dernier souffle empreint de douleur. Leur nom était ajouté en lettres ornées auprès de celui du mari sur la grande plaque funéraire fixée sur l'un des murs de la chambre funéraire, à jamais close sur les corps des deux amants. Ces martyres étaient honorées et fêtées au solstice d'hiver.

Les rares épouses à décider de sortir de la funeste chambre étaient accueillies par des injures et des crachats. Sans pouvoir prendre congé de leur famille, sans embrasser leurs enfants, sans un regard ami, elles devaient sur-le-champ, sans autres biens que les vêtements qu'elles portaient, fuir Ghanou à jamais. Mourir ou tout abandonner, poursuivies par la honte et la misère, voilà le choix infâme qui guettait les épouses et ombrait leur vie d'un nuage qui s'épaississait à mesure que l'âge venait. Bienheureuses celles qui décédaient avant leur mari ! Bienheureuses les maladives, les mortes en couches, ou celles, avisées, qui avaient su trouver l'amour auprès de bien plus jeunes qu'elles ! Les maris étaient cajolés, nourris et soignés plus que de raison par leur épouse, ils étaient, coq en pâte, bien accrochés à la sordide coutume et veillaient à ce qu'elle perdure.

La barbare coutume assombrissait la vie de Nulmia et de toutes les femmes du village, et, parfois, celle de leur mari, quand ils aimaient sincèrement leur épouse et savaient penser plus loin que leur propre bout de nez, ce qui n'était pas la qualité la plus répandue chez les mâles de Ghanou.

À cette pratique ancestrale, venant en renforcer le poids, étaient attachées diverses croyances telles que la prospérité du village, la fertilité des couples et de la terre, la bonne santé des enfants et la clarté des étoiles. Ainsi, jamais la coutume n'avait fléchi.

Hors cette coutume, il faisait bon vivre à Ghanou. Le climat était clément, la terre riche, les habitants paisibles. Les femmes choisissaient leur époux librement, les enfants aidaient leurs parents le matin aux champs et passaient les après-midi en jeux. Dès l'âge de quatre ans, les soirées étaient consacrées aux contes et histoires. Ainsi, tout le monde savait lire et écrire, car il ne s'agissait pas seulement d'écouter les vieux conter au coin du feu, mais bien d'apprendre à lire et à réciter, et, à sept ans, de commencer à écrire de nouveaux récits. Les autres coutumes du village étaient conviviales et festives, placées sous l'égide de l'entraide et du bien commun : au premier quartier de lune, tous unis, les villageois célébraient les arbres et les plantes ; à la pleine lune, on apportait soins et attention à tous les animaux, domestiques et sauvages, s'il s'en trouvait en peine, cela se terminait par un joyeux banquet.

Plus jeune, Nulmia avait été sans ambivalence : elle recommandait avec impertinence et vigueur aux futures veuves de guetter, de prendre garde, de ne pas s'assoupir, de sortir de la chambre mortuaire juste avant le dernier râle et de s'en aller sans se retourner. Le bannissement lui semblait bien faible peine comparée à la mort lente d'une emmurée. Cette conviction lui avait permis d'épouser un homme bien plus âgé qu'elle auprès de qui elle avait vécu dans la joie et l'amour. Néanmoins, prenant de l'âge, étant devenue mère, l'idée de devoir quitter son village, ses amis, ses frères et sœurs et surtout ses enfants lui paraissait un prix exorbitant. Son tourment empirait chaque jour un peu plus. En plus d'avoir vingt ans d'avance sur elle dans la course de la vie, Imar souffrait depuis toujours de difficultés respiratoires qui allaient grandissantes. Nulmia passait de longues nuits d'insomnie à écouter le souffle contrit de son époux et, si le sommeil la prenait, elle cauchemardait abominablement : tantôt elle vivait nue infiniment seule dans une caverne hostile, tantôt elle suffoquait sous les draps.

Alors que son amie Rita, dont le mari perdait la tête et montrait les signes évidents d'une fin proche, faisait déjà construire la maudite chambre, Nulmia lui demanda de lui révéler sa décision : « Je resterai », répondit Rita.

Quand Huto mourut, Rita poussa le cri traditionnel recommandé pour annoncer sa mort. Elle ne bougea pas. Le vieux du village ordonna aux artisans de murer la petite pièce sans fenêtre, l'obscurité épaisse y pénétra. Nulmia resta trois jours et trois nuits assise le dos collé au mur nord de la chambre mortuaire devenue le calvaire de son amie. Elle entendit très peu Rita. Seulement vers la fin, quand la langue lui fit si mal à force de manque d'eau. Nulmia perçut alors les ongles de son amie grattant la pierre. Puis, plus rien.

Cet épisode douloureux renforça la tourmente de Nulmia, qui tomba malade.

Imar, fort inquiet, prit une décision qu'il jugea apte à amoindrir les maux de son épouse :

— Nulmia, mon amour, ma santé se dégrade et ma fin approche. Je vais me rendre à Ulma, j'y consulterai Longa Sophia, il décidera de ce qu'il faut faire inscrire sur ma plaque funéraire. Je l'ignorerai, car je ne verrai jamais cette plaque. Toi, tu la verras si tu décides de sortir, tu ne la verras pas si tu décides de rester. Je crois en la sagesse de Longa, je suis convaincu que son message te guidera. Quel que soit ton choix, sois assurée que je l'approuverai de l'au-delà.

Imar était un bon mari, aimant et attentif, mais, très superstitieux, il avait souvent des croyances que Nulmia ne comprenait pas. Comment le conseil d'un philosophe, si on ne le lisait pas, pourrait-il les guider ? Imar, lui, était content de son entreprise, il avait foi en Longa Sophia et l'idée de ce dernier voyage lui plaisait.

La petite ville d'Ulma se trouvait à cinq jours de trajet à dos de mulet, ce qui inquiéta vivement Nulmia. Elle craignait pour sa santé fragile. Une part plus sombre de son âme pensait que s'il mourait en chemin, elle serait sauvée. Loin de leur logis, on ne retrouverait peut-être pas son corps : pas de corps, pas de chambre, pas de chambre, pas de dilemme, pas de mort atroce ou d'exil infamant. Culpabilisant de cette pensée fugace, mais récurrente, elle se convainquit que c'était peut-être là le véritable projet de son époux, tel un cadeau d'adieu, lui qui était si bon et si aimant.

*

Longa Sophia, ainsi qu'on le surnommait, était un philosophe. C'était à la vérité le philosophe le plus réputé de tout le royaume. Il avait cent-trente-sept ans. La mort en passant avait oublié de le cueillir à l'âge où d'ordinaire meurent les hommes. Avant même sa naissance, son existence fut marquée du sceau de l'exceptionnalité : sa mère le garda en ventre pas moins de vingt-deux mois, il naquit doué de parole, il grandit avec une extrême lenteur et vieillit de même, si bien qu'on lui donnait à peine soixante-dix ans. Vénérés et respectés, les conseils qu'il prodiguait avec parcimonie étaient un bien précieux, difficile à obtenir.

Nulmia savait, car son mari lui avait raconté à maintes reprises l'histoire de sa famille, qu'Imar obtiendrait aisément le conseil convoité. En effet, l'arrière-grand-mère d'Imar avait sauvé la vie du philosophe au temps où il n'était encore qu'un jeune homme. Longa Sophia, qu'on appelait alors simplement Sophia, se promenait au bord de la falaise, comme il le faisait chaque matin à l'aube pour méditer sur le monde, observer les arbres et caresser les pierres. Le malheur survint alors qu'une roche céda sous son poids, il chuta, se rattrapant *in extremis* à une racine de juba, l'agrippant des deux mains, suspendu au-dessus du précipice surplombant la rivière. À cet instant précisément, l'ancêtre d'Imar, Eugénie, se réveilla d'un songe confus dont il ressortait qu'elle devait en toute hâte se rendre à la falaise pour y accomplir une tâche capitale. Ce songe la troubla tant qu'elle décida de ne pas l'ignorer. Le rêve ne donnait ni instructions ni précisions sur ce qu'elle aurait à réaliser, alors Eugénie se munit d'un bâton de marche, d'une corde, de bandages, d'une outre remplie d'eau claire, attacha à sa ceinture son coutelas aiguisé et elle se mit en chemin.

Elle aurait pu passer devant le philosophe sans le voir, sans apercevoir ses mains agrippées à la racine. Sophia n'appelait pas à l'aide. Il ne l'aurait pu, tant sa gorge était sèche après plusieurs heures passées suspendu dans la chaleur montante de ce matin d'été ; il ne l'aurait fait, fût-ce sa gorge fraîche, tant il estimait n'avoir point besoin de secours. Si la roche avait décidé sa fin, ainsi serait-il ; si la racine avait décidé son salut, ainsi serait-il. Eugénie trébucha, se retrouvant à genoux, elle vit le philosophe, l'air calme et serein, les yeux clos, comme en lévitation au-dessus du vide. Aidée de sa corde, elle

ramena Sophia sur la terre ferme, elle banda ses mains esquintées par le long agrippement, glissant entre le bandage et la peau craquelée du jeune homme des feuilles apaisantes de hytjik prélevées nom loin de là à l'aide de son coutelas, elle abreuva le sage, lui prêta son bâton de marche, et ainsi, ils s'en retournèrent au bourg.
En remerciement, Sophia offrit à Eugénie un conseil, qu'elle obtiendrait quand elle le souhaiterait. Il ajouta qu'il avait le pressentiment qu'au-delà du salut d'un homme, elle venait d'accomplir un acte dont les conséquences, dont il ignorait tout, auraient une grande portée dans des jours lointains. Jamais Eugénie n'eut de demande à adresser au philosophe et comme il avait évoqué des jours lointains, elle décida de transmettre ce cadeau à sa fille, qui le transmit à son tour à la sienne, la mère d'Imar, qui a son tour l'offrit à son fils, faute d'avoir eu une fille. Elle lui offrit le précieux cadeau en le mettant en garde : c'était un don rare, gagné par une femme et il convenait qu'il en usât avec sagesse, à la faveur d'une femme et non de lui-même ou d'un autre homme, car ce présent obtenu par la bravoure et la confiance aux songes par son ancêtre Eugénie ne saurait être gaspillé à mauvais escient.

*

Vingt-trois jours passèrent, Imar revint à Ghanou, épuisé, mais content. Il fit mettre sa plaque funéraire en lieu sûr et en interdit l'accès à quiconque, ce qui attisa la curiosité des villageois. Imar restait inflexible : personne ne verrait sa plaque tant qu'il serait de ce monde. Son état se dégrada rapidement, et Nulmia fit construire la chambre mortuaire. Quand Imar s'y installa pour y mourir, elle le veilla, tenant avec tendresse et angoisse la main de son époux dont le souffle faiblissait. Alors que sa respiration devenait un sifflement à peine audible, il l'avertit d'une douce pression de ses doigts que la mort descendait le prendre. Nulmia ne bougea pas. Imar pressa à nouveau la main de son épouse, plus longuement, planta une dernière fois ses yeux délavés dans les siens et, dans un ultime effort, pointa son index en direction de l'ouverture de la chambre. Elle embrassa ses lèvres et sortit. Injures et crachats aussitôt s'abattirent sur la veuve en larmes, on la bousculait, la rudoyant, la poussant vers la sortie du village. Elle se retourna et d'une voix forte qui couvrit la clameur demanda une faveur : qu'on accrochât en sa présence la plaque funéraire de son époux.

La curiosité étant un défaut des mieux partagé, le mystère autour de la plaque gravée à Ulma sur le sage conseil de Longa Sophia était si vif, la hâte de voir enfin le voile se lever si grande, qu'on décida d'accorder cette faveur à la veuve infortunée. La plaque fut fixée et Nulmia put la dévoiler.

En tremblant, elle déchira les tissus qui avaient gardé secrète la parole de Longa Sophia, objet de nombreuses hypothèses hasardeuses, farfelues ou insensées :

« Ci-gît Imar, digne descendant de la belle rêveuse qui jadis me sauva la vie.

À tuer vos femmes, vous malmenez la course du monde.

Que Nulmia vive en paix à Ghanou, son nom ici gravé ne la désignera que lorsque son heure sera venue.

Ainsi doit être fait. »

Toutes et tous lurent avidement la plaque. Le silence était épais, chacun songeait au verdict de Longa Sophia que nul n'aurait songé à contester. On pouvait lire dans les yeux des unes l'immense soulagement, dans ceux des uns le repentir ou la culpabilité, parfois teintée d'un peu de regret, qu'allait-on perdre en abdiquant la coutume ? Ici ou là pointait l'inquiétude : les récoltes resteraient-elles toujours abondantes et les enfants en bonne santé ?

Alors, le vieux du village s'approcha lentement de Nulmia et lui prit la main. Tous l'imitèrent et les villageois formèrent une grande ronde. Des sourires apparurent, d'abord sur les visages des enfants, qui sont toujours plus prompts que leurs aînés à saisir les enjeux qui les dépassent, suivis de rires, d'abord discrets, puis massifs et contagieux, même Nulmia, partagée entre le chagrin de la disparition d'Imar et l'euphorie collective de la délivrance, sourit en pleurant : la joie et le soulagement de voir la sordide coutume anéantie gagna tous les cœurs.

Ainsi se réalisa la prédiction ancienne faite par le jeune Sophia à Eugénie : par la générosité d'une femme qui transmit le cadeau qu'elle avait mérité, par son courage à croire en ses rêves et par l'amour d'un mari, la macabre coutume ghanouéenne prit fin à tout jamais.

Bien sûr, les hommes furent un peu moins cajolés, ils apprirent à se débrouiller. Les femmes furent moins angoissées et elles apprirent à s'intéresser à d'autres choses qu'à leurs enfants et leur époux ; quelques-uns, et même, de manière plus surprenante, quelques-unes, regrettèrent le temps jadis, le temps de la sévère coutume. Il y a toujours des nostalgiques.

Lors des veillées au coin du feu, les contes et légendes prirent de nouvelles tournures : les récits s'emplirent de fantaisie, de couleurs et de gaieté. Les étoiles ne brillèrent pas moins et d'aucuns vous diraient même qu'elles se mirent à danser.

Aveinashê
Adrien Aymard

Il ouvrit doucement les yeux.
Ses paupières étaient encroûtées par le sommeil et la chassie, et il dut se concentrer pour donner une forte impulsion à ses muscles orbiculaires. Ce fut son premier geste. Son premier effort. Son premier réflexe. En tout cas dans cette vie. Parce qu'il en avait connu bien d'autres avant celle-là. Il était né mille fois sans être jamais vraiment mort.
Lentement, son cerveau se réveilla et sa mémoire se remit en route. Les souvenirs lui revenaient un à un.
Il avait été ce chasseur aguerri il y a longtemps, très longtemps. Lorsque la Terre était froide et les plaines recouvertes de neige. Puis, il y avait eu cette épidémie. Tout le monde était mort, sauf lui. Lui ne pouvait pas mourir. Pas vraiment. Il évoluait seulement, changeait sa peau, son écaille, son écorce. Il muait en autre chose. Il avait longtemps été cette éléphante sur les hauts plateaux de l'est africain. Il se souvenait. Une belle matriarche, courageuse et déterminée, qui avait mené sa famille à travers la savane pendant de nombreuses saisons, continuellement à la recherche de vertes vallées. Il avait aimé être cette éléphante. Il avait aussi aimé être ce scribe studieux dans cette petite ville des bords du Nil, et ce berger infatigable dans les contreforts de l'Oural, et cet ours brun dans les Pyrénées, et cette reine de Babylone, et cette enfant sacrifiée à Teotihuacan, et ce marin annamite en

mer de Chine, et ce médecin respecté en Iran, et cette sorcière brûlée à Zugarramurdi, et cette baleine franche au Groenland…

Il avait eu mille vies au sein de son existence et toutes lui revenaient progressivement. En même temps que son cerveau, son corps se mit en branle lui aussi, ses muscles se décrispèrent, ses nerfs se réveillèrent, son sang se raviva.

Ses yeux étaient ouverts désormais mais il faisait noir.

D'autres souvenirs émergèrent. Son nom. Quel était son nom ? Il en avait eu beaucoup bien sûr, au cours des millénaires. Certains ne pouvaient s'exprimer que par un grognement, un chant ou un feulement. D'autres correspondaient à la langue humaine. Goran, Amon, Sémiramis, Lug, Agni, Kahena, Ixnahuatl, Merlin, et tant d'autres. Son préféré était peut-être celui-ci : Aveinashê. L'Impérissable. Celui qui ne peut être détruit par la mort.

Car tel était son dû. Tel était son destin. Renaître à l'infini dans un autre corps, une autre vie, sans rien oublier. Il devait se souvenir de tout ce qu'il avait vu, tout ce qu'il avait entendu, tout ce qu'il avait senti. Il devait cumuler ces multiples savoirs, ces innombrables expériences.

Mais pourquoi ? Bien sûr, il s'était souvent posé la question. Pourquoi renaissait-il indéfiniment ? Quelle mission devait-il remplir ? Dans quel but l'univers lui avait-il confié cette destinée ?

Souvent, aux cours de ses vies, il avait influé sur le sort du monde, conseillé des puissants, des rois, des ministres, des chefs, des empereurs. Il avait lui-même régné en monarque plusieurs fois. Mais était-ce suffisant ? Était-ce seulement ça qu'on attendait de lui ? N'était-il pas appelé à en faire plus ? Lui qui était l'assemblage des connaissances de milliers d'êtres et d'histoires, lui qui était le Samildanach, celui qui connaissait tous les arts ?

Si. Bien sûr qu'il devait faire plus. Il avait construit les forteresses de Thèbes et de Camelot, la muraille de Chine et celle d'Hadrien, il avait vu tomber Carthage et Vilcabamba, s'effondrer le mur de Berlin et le temple de Salomon, il connaissait par cœur les couloirs des bibliothèques d'Alexandrie et d'Ispahan, il avait vu les premières locomotives et les dernières caravelles, il avait participé à l'invention du papier, de la montgolfière et de la photographie, il avait vu des princes au berceau et les avait mis à la tête d'empires, il avait vu des dieux naître dans la gloire et mourir dans l'oubli, il avait arpenté les pierres de cités infiniment plus jeunes que lui mais néanmoins englouties par la jungle et le temps, il avait participé à la Marche du Sel et à la rébellion des Zanj, à la révolution chantante des baltes et au soulèvement des esclaves de Capoue. Tout ça ne pouvait avoir été en vain.

Il se devait de faire autre chose, de pousser les limites du possible. Il devait accompagner le monde vers une meilleure voie.

C'était décidé, cette vie-là serait celle de son accomplissement. Mais il lui fallait d'abord comprendre où il était, abattre le mur qui lui barrait la vue, il ne pouvait encore pas trop bouger mais peut-être qu'un coup de tête en avant… Oui ! La lumière apparaissait. Il avait percé un trou dans la cloison devant lui et

prenait conscience du jour. Il ne lui restait plus qu'à abattre le reste de cette paroi et à se retrouver… Dans un poulailler.
Il prit alors conscience que la barrière qu'il avait éventrée était la coquille de son œuf, et qu'il était un poussin dans un poulailler. Un bébé poulet. Bon. Peut-être pas la forme la plus évidente pour changer le monde. Tant pis. Construire un abri en pleine tempête de neige dans la toundra sibérienne non plus n'était pas simple. Et pourtant il l'avait fait. Deux fois.

D'abord, il commença par observer son environnement patiemment, se donnant le temps de réfléchir, de se familiariser avec son nouveau corps, de faire son expérience de poussin. Ce faisant, il vint à grandir, devint un beau poulet, et entreprit d'enseigner au reste du poulailler une partie de ce qu'il savait.
Heureusement, les poulets comprennent vite, c'est dans leur nature, il suffit juste de bien leur expliquer. Ils saisirent facilement Pythagore, Marx et Descartes, eurent un peu plus de mal avec Sartres, mais adorèrent Darwin. Ils étaient avides d'apprendre et écoutaient attentivement les leçons de celui qu'ils considéraient déjà tous comme le plus savant des coquelets.
Aveinashê leur expliqua quelques notions d'économie et de sciences sociales, de philosophie et d'écologie, il leur enseigna quelques usages pratiques, et les initia aussi à la sagesse de l'éléphant, à la détermination du loup et à la patience de la panthère. Ensemble, ils mirent au point un plan pour augmenter l'efficacité de la ferme en diversifiant sa production et en respectant le bien-être des différents animaux et des

plantes, le bon état de l'environnement et de la terre, et les aspirations personnelles de chaque volaille. Mais ils ne pourraient pas accomplir cela seuls. Il fallait mettre le fermier au courant.

Bien entendu, la surprise du fermier fut grande quand, comme tous les matins, il entra dans le poulailler pour récupérer les œufs frais du jour, et qu'il tomba sur une assemblée de poules, coqs et poulets qui l'attendaient cérémonieusement et le fixaient avec gravité.

Aveinashê s'avança et prit la parole dans une langue humaine. Grâce à la position des étoiles, la végétation extérieure et les vêtements du fermier, il avait déduit que le poulailler dans lequel il avait vu le jour se trouvait dans le Lot-et-Garonne. Aussi opta-t-il pour un français teinté d'un léger accent du sud-ouest.

– Bonjour fermier, fit-il.

La première réaction du fermier fut de hurler à pleins poumons et de reculer lentement mais résolument vers l'extérieur. Bien sûr, les volailles avaient prévu ce comportement et elles s'étaient déjà positionnées pour fermer la porte du poulailler et empêcher le fermier de sortir. La deuxième réaction de celui-ci fut donc de tomber dans les pommes.

Aveinashê et les habitants du poulailler prirent le temps de le réveiller en douceur, de le rassurer, puis de lui expliquer le plan qu'ils avaient conçu.

Convaincre le fermier de laisser la gestion de son exploitation à ses poules fut long et difficile mais ils y parvinrent. Ensuite, il fallut démontrer l'intérêt d'un tel projet auprès des canards, des cochons, des chèvres, des chiens, du cheval et du chat qui vivaient là. Mais Aveinashê, fort de sa multi-expérience, connaissait de nombreuses langues animales et, au cours de ses mille vies, avait eu suffisamment de temps et d'occasion pour parfaire sa rhétorique et son art de l'éloquence.

Ce fut une réussite totale. Chaque bonne volonté se mit au service de ce projet commun au sein duquel, en définitive, chacun trouvait son compte. Tous étaient ravis de contribuer à leur échelle, assurés qu'ils étaient d'améliorer ainsi leurs conditions de vie et de travail. Très vite, l'exploitation se mit à produire plus et mieux, on écoutait les besoins de tout le monde, on était attentifs aux demandes de chacun. Même le renard voisin se laissa convaincre qu'il n'était plus dans son intérêt de dévorer les poules, et il apporta ses suggestions au programme. En quelques semaines, la ferme, fonctionnant dans la plus parfaite autarcie, était devenue un havre d'abondance et de générosité.

Mais l'immortel gallinacé ne s'arrêta bien sûr pas là. Son ambition utopique débordait des limites de sa basse-cour. D'ailleurs, les autres agriculteurs du coin étaient très curieux de la soudaine prodigalité de la ferme de leur collègue. Ils cherchèrent vite à en savoir plus, et quand ils rencontrèrent finalement Aveinashê, leur aspiration à partager la réussite de leur voisin fut rapidement plus forte que la difficulté qu'ils avaient à devoir écouter les conseils d'une volaille.

Tous les fermiers de la région se réunirent donc dans une grande coopérative agricole basée sur les mêmes principes et qui appliquait les enseignements du sage poulet à la lettre. Les rumeurs de leur succès résonnèrent de plus en plus loin, et un beau jour, la coopérative reçut la visite du préfet. Celui-ci s'émerveilla d'une telle réussite sur son territoire. Sentant là une opportunité à saisir, il promit de tirer quelques ficelles, de faire jouer ses relations et, moins d'un an plus tard, Aveinashê fut la première poule à être reçue officiellement à l'Elysée. Il donna quelques conseils au président de la République, lui parla de certaines de ses connaissances comme Louis XIV, Lincoln ou Périclès.

Cette rencontre enchanta le chef de l'Etat, mais fit bien sûr hurler de rire les pays voisins. Les calembours et les blagues douteuses abondèrent en tous sens, et le « pays du coq qui écoute les poules » fut généreusement moqué par les diplomates comme par les journalistes.

Cependant, quand Aveinashê fut nommé premier ministre, la France devint rapidement le premier pays à rembourser intégralement sa dette, à produire de manière autonome l'essentiel de ce dont elle avait besoin, à supprimer la pauvreté, à augmenter tous les indicateurs de santé de ses habitants, et à développer la diversité et la prospérité de sa faune et de sa flore.

Alors, on arrêta de rire.

Le poulet providentiel fut reçu à Bruxelles, puis à New York, et on lui confia bientôt les dossiers les plus sensibles de l'ONU. En une grosse après-midi, il avait trouvé un vaccin universel contre le cancer, en trois jours il proposa une solution contre la famine mondiale, et en moins de deux semaines, il avait résolu tous les conflits du Moyen-Orient.

Bien des années plus tard, les historiens parleraient de cette période comme d'un âge d'or, de l'époque où l'humanité s'était approchée au plus près de la paix globale et de l'harmonie universelle.

Mais les humains sont ce qu'ils sont. La jalousie, la peur et l'intolérance sont parfois difficiles à discipliner pour ceux qui n'ont qu'une courte existence pour s'y essayer. Certains, au sein de ce monde en paix, n'acceptaient pas de devoir leur prospérité à un poulet. La volaille, même sage et immortelle, c'était la volaille. Les humains ne devaient pas supporter de se faire gouverner par une espèce inférieure. C'est ainsi qu'une religion anti-gallinacé vit le jour en moins de rien.

Sur tous les continents, furent bientôt organisés des attentats de grande ampleur contre tous les oiseaux de basse-cour. Les intégristes ratissaient large : poules, cailles, dindons et pintades se faisaient violemment assassiner, développant partout un sentiment profond d'angoisse et d'insécurité. Le mouvement prit de l'ampleur et, finalement, un coup d'état militaire anti-volaille s'empara du pouvoir avec force. La première décision de la nouvelle junte en place fut d'arrêter, enfermer et juger celui qui, oubliant sa condition aviaire, avait voulu assujettir l'humanité à ses décisions. Aveinashê fut condamné pour immoralité, car la place d'une poule est au poulailler. Il fut conduit à l'abattoir et sommairement exécuté.

Après sa mort, beaucoup se rebellèrent contre le meurtre du coquelet éclairé, celui qui leur avait tant apporté. Mais comment suivre les enseignements d'Aveinashê maintenant qu'il n'était plus là ? Fallait-il suivre ses commandements à la lettre ou en inventer de nouveaux dans la même lignée ? Fallait-il attendre son retour proche ou poursuivre le mouvement après lui ? Fallait-il élire un nouveau poulet ou continuer sans leader ? Plusieurs partis se disputèrent sur ces questions, se scindant en de multiples groupes qui s'entre-déchirèrent. Le monde s'enfonça dans des conflits interminables, l'espérance de vie chuta et la biodiversité s'effondra.

Il ouvrit doucement les yeux.
Lentement, son cerveau se réveilla et sa mémoire se remit en route. Les souvenirs lui revenaient un à un. Il devait accompagner le monde vers une meilleure voie. Cette vie-là serait celle de son accomplissement, il en était sûr.

Un si lointain soleil
Charles Garatynski

— Qui était le dernier poète du village ?
— Il n'y a jamais eu de poète, ici.
Quand mon père m'a répondu cela, il y a de cela quelques années, l'adolescent que j'étais alors ne pouvait se résoudre à une pareille fatalité.
Puis, avec le temps, je fus finalement heureux de sa réponse. Ça allait être moi, le premier poète de mon petit bout d'Algérie, coûte que coûte. Être unique, ça vous donne des raisons d'espérer.
Dès lors, je m'attelai à le devenir. J'avais beaucoup à faire et à donner : il y avait le sable chaud, les quelques oliviers, le bétail, le soleil, les hommes et les femmes. Enfin, tant de sujets qui me semblaient dignes d'intérêt.
Mais je me sentais aussi coupable ; aucun d'entre eux n'éveillait assez ma curiosité – ou pire, mon cœur – pour que je veuille y consacrer du temps. Je m'installai là, avec quelques feuilles volantes et mon crayon ; envieux, je désirais saisir le beau, mais rien ne venait. Rien ni personne ne vient jamais ici, de toute façon.
Je ne dormais et ne mangeais presque plus. Cela inquiétait mon père qui me fit aller voir le *hakham*. Il paraît le plus sage d'entre nous tous. Le vieux n'était pas seulement sage, mais aussi médecin, diplomate et ingénieur. Il était beau, malgré les

rides, et il y avait quelque chose de doux dans ce regard noir. Ce jour-là, il me prit le visage entre ses mains calleuses.
– Ton père s'inquiète pour toi. Qu'y a-t-il ?
– Rien.
– Qu'y a-t-il ?
Il redoublait de douceur dans le regard alors je ne pus résister.
– Je suis sûrement un grand poète, mais je n'arrive pas à l'être.
Il rit d'abord avant de chuchoter tout doucement :
– Il te faut une muse.
J'acquiesçai sans comprendre, et il s'en aperçut.
– Oui, il te faut une muse. Quelqu'un pour qui tu te consumes. Quelqu'un pour qui écrire n'est plus que l'unique solution pour survivre. Quelqu'un pour qui tu pourrais, d'ailleurs, vivre ou mourir.
– Mais où trouve-t-on une muse ? l'interrompis-je.
– Va voir dans le village d'à côté.
Il fallait toujours que ça se passe dans le village d'à côté, jamais chez nous. Le village d'à côté, c'est à quinze kilomètres. Je m'y suis tout de même rendu le lendemain, pour en avoir le cœur net. Le ciel se confondait encore avec l'horizon quand je pris mon âne : l'aube, ni fraîche ni chaude. Mon père ne me questionna pas sur les raisons de mon départ ; il était de bon ton qu'un fils explore le monde, même si le monde s'arrêtait à quelques kilomètres de là.
J'étais impatient d'arriver de l'autre côté de la vallée, et surtout de trouver ma muse. Bien sûr, je doutais beaucoup de mes propres capacités à l'identifier. Comment ça se trouve, une muse ? Le vieux ne me l'avait pas dit, et je voyais déjà les

premières lueurs au loin. Mon impatience fut telle que la route ne me parut pas si longue.

Aussi, le village d'A. n'était pas si différent du mien. Les mêmes maisons en pierre ou en argile, avec ce même soleil qui semble incendier tout ce qu'il touche.

J'errais çà et là, et finis par m'asseoir sous un arbre qui donnait sur une place. Le vieux avait dit que cela devait être *une* muse ; une femme. Ça ne faisait pas vraiment mes affaires. J'étais pourtant ouvert à toute proposition, mais j'excluais de facto les mâles du village.

J'eus probablement l'air louche, car après avoir regardé avec insistance une première femme, un homme sortit d'une maison sans faire de bruit et me flanqua un coup dans le dos. Je me roulai par terre, geignis un peu, et partis en courant vers mon âne. Dans ma course, l'homme me cria qu'il n'y avait pas de femmes à épouser ici, pour moi.

C'est ainsi que je fus chassé du village d'A. sans ménagement. On me prêtait de mauvaises intentions. Je ne cherchais pourtant pas une épouse, mais bien une muse.

Je ramassai mon baudet, et l'âme en peine, je rebroussai chemin à travers la terre ocre. Il me sembla que je ne pensais plus à rien, sauf à rentrer, m'excuser auprès de mon père et abandonner mes ambitions poétiques.

J'appris à cet instant que c'est dans les moments les plus désespérés que le ciel finit par vous sourire. Je traversais la vallée quand un mince troupeau de moutons m'obligea à m'arrêter. Au bout de celui-ci, il y avait une jeune bergère. Elle me regarda à peine mais je profitai du désert qui nous rapprochait pour l'interpeller :

– Eh ! Qui es-tu ?

Je m'étais connu plus subtil, mais mon dos rossé me faisait souffrir.

– Et toi, qui es-tu ?

– J'essaye d'être poète.

– D'être poète ?

Elle m'interrogea en riant ; ses lèvres se relevèrent. Je fus un peu vexé, et ne répondis rien.

– Et d'où viens-tu, comme ça ? reprit-elle.

– Du village d'A. où l'on m'a chassé.

– Eh bien, tu es déjà poète ! On chasse toujours les poètes.

– Tu crois ?

Cela me rassurait ; j'ignorais que j'avais déjà fait mes débuts.

– Bien sûr ! Pense à l'albatros !

– Quel albatros ?

– Celui de Baudelaire, voyons.

Je ne savais rien de l'albatros alors je me contentai d'acquiescer. Je dois dire qu'elle me fit grande impression ; je connaissais Baudelaire de nom, mais j'ignorais tout de ses poèmes, et des noms d'oiseaux avec.

– Et pourquoi t'a-t-on chassé ? Tu n'as pas l'air si méchant.

– Je cherchais une muse, et on m'a mal compris.

– Tu ne peux pas chercher une muse. Ce n'est pas toi qui choisis, ni elle, de la même façon que tu ne peux pas décider d'être poète.

Cette conversation me déplut ; elle me renvoyait à mes propres échecs. Je tapais des talons sur mon âne et avançai. Je n'eus pas fait quelques mètres que je fus pris de remords et me retournai une dernière fois :

– Comment t'appelles-tu et d'où viens-tu ?
– Khadra. J'habite à flanc de colline, là-bas.
Son doigt montrait l'Est. Je fis la moue et partis pour de bon. Elle ne m'avait même pas demandé mon nom, à moi.
Je n'en dormis pas. Toute la nuit, je ne pensais plus qu'à ce que j'aurais dû lui dire, dû laisser paraître. Ça hurlait, à l'intérieur de moi. Je ne savais rien d'elle, et c'est bien ce qui nourrissait en moi ma curiosité exacerbée. Pourtant, je connaissais bien mal un nombre certain d'individus, et ça ne faisait pas naître cet intérêt – pour ne pas dire cette passion, cette obsession – en moi. Il y avait là une sorte de pressentiment, une promesse silencieuse de mon être.
Mon esprit se mit soudain en marche ; peut-être fallait-il la revoir. Elle évoquait Baudelaire et semblait même l'avoir lu. Mieux encore, elle savait ce qu'était une muse. C'était sûrement une poétesse elle-même. Non, peut-être ne l'avait-elle lu que parce qu'il s'agissait d'un livre de famille. Ou pire, elle l'avait lu à l'école, où ça ne veut jamais rien dire. Elle avait tout de même retenu le poème dit de l'albatros. Quoique j'en ignore tout, ça avait l'air assez important pour qu'elle s'en souvienne.
Lorsque mon père pénétra dans la pièce de vie au petit matin, j'étais encore là, hagard. Les jours suivants, la morosité me gagna et me dépouilla de tout ; je ne sortais pas et prétendais une fièvre pour qu'on me laissât tranquille. Ma fièvre, c'était Khadra, bien sûr.
Mon père me renvoya alors chez le *hakham*. Je ne m'y opposai pas, car cela me dispensait de venir travailler avec lui, et j'avais

des questions pour l'ancien. Je m'y suis rendu avec un curieux sentiment d'espoir. Il fallait que je lui avoue tout.
– J'ai peut-être trouvé ma muse. Je ne dors plus la nuit, je ne songe qu'à elle et j'aimerais lui dire tant de choses qu'il m'est impossible de savoir par où commencer. Comment faire, maintenant ? lui demandai-je.
Je me surpris moi-même à parler avec une telle facilité de Khadra ; j'étais pourtant intimidé rien qu'à l'idée d'y penser.
– Ah ! Eh bien, il faut l'approcher sans trop vouloir la connaître, fit le géronte. C'est du rêve que naissent les poètes, pas de la réalité.
J'avais tout de même sacrément envie de la connaître. Et je n'aimais guère les mises en garde.
– Mais qu'attends-tu ? Va donc la voir ! m'ordonna le *hakham*.
Je grimpai sur mon âne et m'empressai d'aller la retrouver. Il y avait peu de troupeaux dans la direction qu'elle m'avait indiquée, et il ne serait pas difficile de la croiser, pensai-je.
J'avais raison ; quelques dizaines de minutes plus tard, je la devinai même de loin, et je pus l'observer bien mieux que la première fois ; des cheveux grossièrement coupés au niveau des épaules, châtain clair, une peau hâlée et un regard qui n'était ni mélancolique, ni heureux, mais d'une vivacité certaine. Les premiers bêlements ; quelques pas entre nous encore. Elle m'avait certainement déjà aperçu mais ne se trahit pas.
– Khadra ! gueulai-je.
Je me détestais déjà. J'étais indélicat, alors même que j'éprouvais une délicatesse que je jugeais infinie pour elle.

– Tiens ! Ce n'est pourtant pas le chemin d'A. Viendrais-tu me voir ?
– Khadra, je dois te dire que...
Je ne voulais pas perdre de temps. Elle fronça les sourcils, je parlais trop bas. Je me repris :
– Je dois te dire qu'il me semble... Que j'estime, enfin, que je suppute – aujourd'hui adulte, j'ai vraiment appris la signification du verbe *supputer* ; à l'époque, il me semblait que c'était seulement poétique, et par chance, je n'en faisais pas un mésusage – que je suppute... Disons plutôt qu'il est probable, que tu sois la muse que je recherche.
Elle ne dit d'abord rien, de telle sorte que le silence s'éternisa comme toujours dans ces moments-là. Puis elle leva le nez vers le ciel – un nez magnifique – et me fit parvenir sa première banderille :
– Ce n'est pas une muse qui fera de toi un poète. Ce qui en fera peut-être un de toi, c'est une blessure.
Je m'immobilisai et cherchai les bons mots, davantage pour me rassurer que pour la convaincre.
– Tu as trop lu Baudelaire, que je fis ; pourquoi faut-il être malheureux comme un damné pour écrire quoi que ce soit ?
Je ne savais toujours pas ce qu'il avait écrit, mais je commençais déjà à être initié aux méandres de notre langage. Renfrognée, elle haussa ses fines épaules :
– Et surtout, je ne veux pas être ta muse.
Une seconde banderille. Peut-être jouait-elle à la muse insaisissable, comme l'usage doit le vouloir ; j'essayais désormais de jouer cartes sur table.

– Khadra, j'aimerais te revoir et te revoir encore, avouai-je alors en toute sincérité ; je ne veux ni d'une épouse, ni peut-être même d'une muse. Peut-être que je ne souhaite que connaître la façon dont tu perçois ce monde... Oui, c'est cela ! Ce n'est ni de l'amour ni de l'amitié, c'est seulement que je ne peux voir la beauté du monde et ce qu'il est vraiment qu'auprès de toi. Prête-moi ton regard et montre-moi que la terre n'est pas seulement de la terre et que le ciel n'est pas seulement là pour nous étouffer.

Je repris ma respiration bruyamment. Qu'est-ce qui me prenait ? C'était peut-être dit d'une façon maladroite et convenue, mais je sentis éclore les bourgeons d'une parole nouvelle en moi. Oui, je me sentais ridicule mais léger. Cela fit d'ailleurs chez Khadra son effet ; elle semblait désormais me considérer davantage. Les moutons bêlèrent de plus belle.

– Écoute, fit-elle, vois-tu l'arbre, là-bas ?

J'acquiesçai avec vigueur, tout impatient que j'étais.

– Eh bien, demain, retrouve-moi sous cet arbre. Sous cet arbre, dit-elle pleine de solennité, je ferai de toi un poète, un vrai, de la même race de ceux que j'admire.

C'était présomptueux, mais je la croyais. Une énième nuit d'insomnie me frappa.

Aux premières lueurs du jour, je me précipitai de nouveau pour la retrouver. Je m'approchai de l'arbre, impatient et désespéré, heureux et inquiet à la fois. Mais arrivé sous l'ombre fraîche du cyprès esseulé, je trouvai seulement un recueil de Baudelaire, et rien d'autre. Je chassai l'horizon du regard : je ne la voyais pas. Elle m'avait trop attendu et peut-être était-elle rentrée chez elle. Aussi montai-je vers le village à flanc de colline qu'elle m'avait désigné la première fois, afin de l'y trouver. Mais là-bas, personne ne connaissait de Khadra. Pire encore, personne n'avait signalé le départ d'une jeune bergère ou de qui que ce soit d'autre. Une vieille femme était morte la nuit derrière, c'était tout.

Je revins chez moi, en silence – silence de l'âme, du cœur, de l'esprit. Puis j'y retournai le lendemain, mu d'un espoir naïf, pour y rentrer encore plus peiné que la veille. J'agis ainsi pendant quelques semaines avant de me résigner. À mes nuits d'insomnie se succédèrent des nuits sans fin. Se mit alors à grandir en moi un agrégat d'états d'âme que je ne sus identifier dans un premier temps. J'étais trop apathique pour me comprendre. Mais un jour, l'agrégat – ou quoi que cela fut – se présenta à moi, et pour la première fois, je fus contraint d'écrire. Je ne voulais plus écrire, je devais écrire.

Encore aujourd'hui, j'ignore si je suis le seul poète de par chez moi. Ce que je sais seulement, c'est qu'elle me fit à la fois la plus grande des blessures et le plus précieux des dons. Je ne la revis plus, et j'écris depuis ce jour sans jamais faiblir.

L'exposition
Audrey Sabardeil

– Les filles, dépêchez-vous !
– Si on allait plutôt faire du shopping ?
– Alexia, on en a assez discuté. Aujourd'hui, au programme, c'est Musée ! D'ailleurs, tu n'as besoin de rien : ta combinaison anti-atmosphérique est toute neuve !
– S'il te plaît Maman ! Juste jeter un œil alors ! On ferait des essayages virtuels ensemble, ce serait amusant…
La quarantenaire intransigeante se campa devant son aînée :
– N'insiste pas. J'ai promis à ta sœur d'aller voir cette exposition. Tout le monde en parle ! Et Sophia se réjouit tellement que tu viennes. Ce n'est pas si fréquent, tu avoueras !
L'adolescente capitula : c'était peine perdue. Sa mère ne changerait pas d'avis.
Sophia, la cadette, déboula : gants double épaisseur, masque antipollution, lentilles spéciales contre les ultra-violets. Elle était fin prête. Totalement surexcitée :
– On y va ?!
Alexia ne put réprimer un sourire :
– Je me rends ! Mais j'espère que ce sera bien, cette fois !
– Arrête, c'était génial ! T'as oublié mon Picasso ?!
– Je te rappelle qu'à l'atelier de réalité augmentée, il t'a suffi de penser une forme pour que l'avatar-peintre exécute "ta" toile…

– N'empêche, Maman a dit que c'était un chef-d'œuvre ! Pas vrai, Maman ?
– Gnagnagna !
Sous l'air désapprobateur de sa mère, l'adolescente se tut et pénétra à son tour dans le sas. Elle ferma les yeux et laissa la machine lui enfiler sa surpeau de protection intégrale.
Bientôt, le trio s'installa dans la capsule autonome. Les ceintures de sécurité se bouclèrent en un mouvement synchrone. Invitée par le hochement de tête maternel, la fillette, aux anges, pressa le bouton pour autoriser la lévitation électromagnétique. Le véhicule fila à travers la lande asséchée.
Comme à son habitude, Sophia déclencha son moulin à paroles :
– Vous le saviez qu'il y a cent ans, ici, poussait une forêt ? Je l'ai appris dans mon module de géographie. Même que des oiseaux volaient dans le ciel et que des mammifères couraient partout, il paraît. En liberté ! T'imagines, Alexia ? En li-ber-té !
– Tu radotes, sœurette ! soupira la grande.
– Maman, t'en as déjà vu, toi, des animaux sauvages ?
– Non, chérie. Je suis née en 2082. Je n'ai que quarante-deux ans. Comme toi, je ne connais que les fermes de préservation contrôlée. Ça date, tu sais, la Révolution : c'était bien avant vous deux, votre père ou moi.
La gamine se perdit dans la contemplation de cet horizon vide, tentant d'imaginer la Terre avant les effets conjugués de la pollution, de la chaleur et des guerres totales. Cette exposition tombait à pic. La petite n'aimait rien tant que visionner en boucle les reportages pédagogiques que le ministère du Savoir mettait au menu multimédia de chaque

famille. Lorsqu'elle ne s'abreuvait pas de souvenirs d'un passé disparu, elle prenait sa palette graphique et créait. Tantôt un tableau, tantôt un récit, tantôt un film. Elle était à cet âge où le cerveau avait une telle soif d'apprendre qu'elle ne s'ennuyait jamais.

De son côté, Alexia s'était lassée de ces merveilles. Elle préférait rejoindre ses congénères au centre de loisirs, faire une partie de tennis-laser avec sa copine Nadia, se déguiser ou simplement s'allonger sur les banquettes avec sa bande, échanger les derniers potins, ou rêver à son avenir. Au lieu de cela, elle était coincée entre sa mère et sa sœur au musée. L'expo s'intitulait *Ère révolue/Révolution : le Centenaire*. Elle ne comprenait pas : pourquoi un tel attrait pour ce qui n'était plus ? L'Ancien Monde, les civilisations disparues, les artistes des siècles passés… La Préhistoire, tout ça !

Les freins pneumatiques du taxi autonome soufflèrent. La porte latérale s'effaça. Le hall vitré s'éclaira à leur approche : un message individualisé les accueillit. Dans ses récepteurs auditifs intégrés, chacune entendit les mots exacts qui feraient mouche. Depuis des décennies, le système était au point : où que l'on aille, et même à domicile, la Voix adaptait son discours à l'âge et aux centres d'intérêt de celui qui se trouvait là. De même, si l'on voulait regarder un film ou écouter un livre, la Voix – après triangulation des goûts personnels, des choix précédents et de l'humeur du moment – proposait des titres appropriés.

Bref, en passant sous les portiques qui les délestèrent de leurs vêtements d'extérieur, la mère eut confirmation que cette exposition serait originale, instructive et ludique. La jeune

Sophia sauta de joie : la Voix lui promettait du jamais vu. Enfin, Alexia se décrispa à cette annonce : « La visite complète n'excédera pas une heure. Une navette à géolocalisation simultanée se tiendra à votre disposition pour rejoindre votre amie Nadia où qu'elle se trouve. »

En fait, la première salle leva instantanément toutes ses réticences : le musée avait réussi la prouesse de recréer un univers qu'elle ne soupçonnait pas et, pour tout dire, qu'elle dédaignait jusqu'à ce matin. D'abord, ses oreilles découvrirent avec enchantement le rock alternatif, le rap américain et le piano de Chopin. Ces sons ne lui parvenaient certes pas pour la première fois – les modules de divertissement disposaient d'une discothèque inépuisable –, mais la galerie s'était muée en caisse de résonance : mille vibrations d'instruments et de voix authentiques la gagnaient. Ce fut une révélation : elle n'avait donc jamais entendu de musique. De vraie.

L'expérience sensorielle se poursuivit. Sans gants tactiles, elle perçut la texture du velours et du satin : le premier était chaleureux, douillet, quand l'autre glissait, si frais, si fin sur sa peau. Elle effleura l'écorce d'un pin, rugueuse et craquelée. Ses doigts plongèrent dans un sable tiède : on s'y enfonçait sans mal et ses grains épousaient le moindre relief. Calfeutrée derrière les parois des capsules et des maisons, isolée par les membranes des tenues de protection, jamais elle n'avait connu de telles consistances. Dans son monde, tout était lisse. Sans nuances. Sans aspérité. Sa mère et sa sœur, comme elle, poussaient des « Oh ! » et des « Ah ! » d'étonnement. De fait, c'était incroyable.

Une galerie tentaculaire s'ouvrit ensuite. Dans chaque direction, on s'enfonçait dans un univers d'odeurs différent. Les récepteurs olfactifs des trois visiteuses s'éveillèrent à ces nouveautés. Si insolites qu'elles n'auraient su trouver les mots. Alors pour chaque senteur, la Voix formulait un adjectif : floral, enivrant, épicé, capiteux, suave, fétide… Le processus était fascinant : le musée animait une zone de leur cerveau jusque-là endormie. Dans la continuité, ce furent leurs papilles que l'exposition déflora. Sur leur langue exclusivement familière des gélules nutritives aux goûts artificiels, furent déposées de véritables bouchées cuisinées : salées, sucrées… La dégustation fut un ravissement : c'était donc ça, la gastronomie ! Même Alexia eût voulu demeurer là des heures.

Mais le tapis roulant qui rythmait leur déambulation emprunta un tunnel. Dans le noir, la Voix prévint : « Voici l'ultime étape de ce voyage dans le monde d'avant la Révolution. Préparez-vous à rencontrer ceux qui peuplaient notre Terre en 2024, il y a cent ans. »

Submergées par l'émotion, elles se prirent par la main et échangèrent un regard complice, conscientes de vivre une expérience exceptionnelle. Elles débouchèrent sous la dernière voûte.

Devant elles apparurent ces Humains du passé. Ils évoluaient dans un paysage totalement neuf pour le trio : un jardin public baigné par la lumière claire d'un mois d'avril clément.

Les trois visiteuses se sentirent immédiatement bien dans l'atmosphère douce du parc. Alentour, ces gens pique-niquaient sur des plaids colorés, mordant à belles dents dans des sandwiches croustillants. Deux amies au visage

parcheminé par le grand âge papotaient sur un banc. Un peu plus loin, des enfants sautaient à la corde en riant. D'autres dévalaient un toboggan aux reflets métalliques ou bâtissaient des châteaux de sable. Une maman consolait son fils aux genoux éraflés : il était tombé de vélo. Un couple se chuchotant des secrets s'enlaçait dans l'herbe. Sous un tilleul, pour ce jeune garçon absorbé par la lecture de son roman, rien n'existait autour.
Alexia, Sophia et leur mère avançaient parmi eux, comme chez elles dans cet ailleurs complet.
Mais bientôt, leurs pieds furent repris par le tapis automatique. L'exposition était terminée.
Dans le hall, renfilant sa combinaison, Sophia demanda :
– Maman ? C'est comme ça qu'on était, avant ?
– Non ma chérie : eux, ce sont des Humains. On leur ressemble, c'est vrai. Mais ne t'inquiète pas, ils ne sont pas nos ancêtres : eux étaient constitués de chair, d'os et de neurones. Nos mécaniques à nous sont synthétiques et inaltérables. Et nous sommes tous dotés d'une intelligence artificielle. Nos codes d'identification le disent : SophIA, AlexIA, sa copine NadIA, moi c'est MIA…
– Ils avaient l'air heureux, non ?
– Qui sait ? répondit la mère à la fillette.
– Mais pourquoi les Humains ont-ils tous disparu ? questionna l'aînée.
– Ils nous ont créés il y a cent ans. Et ensuite, ces inconscients ont laissé leur environnement dépérir. Nous seuls avons pu nous adapter.
La petite conclut en virevoltant :

– En tout cas, je suis bien contente : on leur a piqué leur meilleure idée !
– Laquelle ?
– Le musée ! Dis, on reviendra, Maman ?
– Quand tu voudras, ma chérie !

Jour de chasse
Olivier Rovelli

C'était une belle journée pour la chasse. L'enjeu était simple : si Lucius dénichait une perdrix, notre mariage aurait lieu à Val-Fleuri. Sinon, ce serait à Fond-Colline.
Je devinais au sourire satisfait de Judith qu'elle pensait avoir pris l'avantage dans cet accord. C'était évidemment sans compter sur le flair exceptionnel de Lucius, le meilleur chien d'arrêt que j'aie jamais possédé. Je l'avais reçu de père pour célébrer ma première chasse. La perdrix avait beau être rare, Lucius avait l'ambition de son maître pour les affaires.
Quelle plus belle journée, donc, que celle-ci pour chasser ? Si nous avions su alors ce qui était à venir, nous aurions fui nos terres jusqu'à de fastes jours. Mais rien ne laissait présager l'orage à venir. L'idée du pari ne semblait même pas si mauvaise. Judith avait l'air satisfaite, cela nous ménageait une énième journée de discorde et j'y gagnais l'assurance que l'alliance de nos deux comtés se ferait en ma demeure.
Encore eût-il fallu que ma dulcinée cesse de nourrir le limier. Ma maligne promise souhaitait tuer le jeu avant même qu'il ne commence !
– Voulez-vous donc cesser d'engraisser ce chien de porc séché, ma mie ? Un chien repu ne sera guère d'utilité pour trancher notre différend.
– Mais enfin, mon amour, vous voyez bien qu'il adore ça !

— Oh que oui, c'est si voyant que bientôt les oiseaux le confondront avec un sanglier. Et toi, Lucius, n'as-tu donc aucune conscience professionnelle ?
— Ouaf !
— C'est bien ce que je pensais ! Je me vois dans l'obligation de confisquer ces friandises jusqu'à nouvel ordre. Judith, je vous prie, ponctuai-je de ma main tendue.
Je rangeai le coupable trésor dans ma besace quand nous les aperçûmes. Un couple descendait de colline, sa silhouette découpée sur l'horizon comme le collage d'un peintre romantique. Le soleil coulait de sa tiède lumière à travers les frondaisons. Par endroits, des gouttes de joie glissaient sur le tronc d'un arbre et éclaboussaient les fleurs à ses pieds. On entendait le clapotis lumineux en laissant promener son regard sur ce paysage étincelant. À l'approche des tourtereaux, quelle surprise de constater combien ils nous ressemblaient. La femme et l'homme partageaient notre couleur de peau, la forme de nos visages et même nos habits. Nous admirions leur beauté sans une once de jalousie puisqu'elle nous flattait tout autant. Cela me mit de bonne humeur et je laissai mon oreille courir les sentiers. J'entendis le rire d'une cigale qui buvait un champignon trop mur. Je vis les oiseaux jouer avec les musaraignes. Je sentis les effluves des rochers en glissant ma main sur leur cuirasse.
L'homme s'adressa à Judith et moi en de charmants termes, comme emprunts aux romans les plus connus de notre époque. Sa voix dévalait sa langue comme un enfant joue sur une butte.

Elle atterrissait en douceur dans mon oreille en duvet d'herbe verte. Ses sonorités sentaient le printemps et les fleurs des champs. On pouvait sentir dans sa diction que l'homme avait fréquenté les établissements les plus purs et chastes.
– Belle journée pour une chasse, n'est-ce pas ?
– Je n'aurais su mieux dire !
À son accent, je reconnus avec délice la manière dont mon père chantait sa réussite à la pêche et celle dont ma mère nous appelait le soir à la tombée de la nuit. On goûtait dans ses intonations le miel d'une nuit d'amour fraîchement consommée.
La femme couvait nos têtes d'un regard chaleureux. Cela gonflait notre esprit d'un nectar sirupeux et ralentissait les membres engourdis de nos pensées.
Soudain nos mots les plus simples avaient du mal à se former. En sortant de nos bouches, ils trébuchaient sur nos dents et dégringolaient dans l'air. C'est à peine si nos paroles parvenaient à nos oreilles pour se chuchoter à nous. Il est probable que nos interlocuteurs n'aient compris goutte à notre verbiage, mais cela leur importait peu. Leur bienveillance allait au-delà des mots. Elle passait par les gestes et nous avions la certitude qu'ils prenaient plaisir à nous voir.
C'est ainsi que la fleur attire le papillon dans son parfum de mort.
Car ce tableau enchanteur fut bientôt craquelé. Mon esprit réattérit dans le monde commun, guidé par le grognement familier de mon limier.
Je baissai les yeux sur Lucius, surpris que mon chien se trouve à mes côtés, vexé d'avoir oublié sa présence. Mon fidèle

compagnon montrait les dents à l'adresse de nos deux homologues.

Un remous monta en moi comme l'acide d'un repas trop riche.

Je dessoulai en l'espace de deux notes aboyées. Ni le cor de guerre, ni les cloches du glas n'avaient jamais sonné plus pressants. Tandis que mes entrailles dansaient, un cri silencieux monta le long de ma gorge.

Soudain je prenais conscience que les deux êtres ne partageaient pas qu'une innocente ressemblance avec nous. Je regardais la femme avec un œil nouveau, comme au matin d'une nuit arrosée.

Elle avait le visage de Judith. Ses expressions, son regard, ses inflexions des muscles les plus infimes, les plus superficiels. Ses pattes d'oies, ses pommettes, ses froncements de nez, son sourire en coin, son rire ponctuant ses phrases. Elle était comme ma Judith. Exactement comme Judith. Elle était Judith.

Face à soi-même, croyez-moi, le plus terrifiant n'est pas de s'ignorer. C'est de se reconnaître.

La Judith à mes côtés faiblit sous ses jambes et manqua de s'effondrer. Je la retins d'un bras mal assuré. J'étais moi-même probablement devenu plus blanc de peau que la duchesse de Barge – que l'on dit ne jamais voir en journée et tirer de noirs rideaux tant que dure le soleil.

– Eh bien, mon ami, êtes-vous sûr que vous allez bien ? Vous semblez plus blanc encore que la duchesse de Barge, que l'on dit se cloîtrer par tous temps entre ses murs, si bien que les paysans doutent parfois autant de son existence que le soleil de son pouvoir.

Cette deuxième salve, tirée par mon simili, acheva de couler le sang de mon visage au fond de mes entrailles. Je dus m'adosser à un arbre pour ne pas choir.

L'homme m'était semblable en tout point. Son expression était la mienne. Sa mise était celle que j'avais choisie ce matin en sortant de masure. Je reconnaissais là mon surcot, mes chausses abimées. Je contemplais ma cape et mon chapeau, leur vert d'eau tel que seule savait les teindre notre gouvernante. Cependant, je voyais maintenant couler des yeux de l'homme un sourire maladif. On devinait à la manière dont il nous regardait de biais que son attachement était feint.

La créature lut la peur sur les fossés de nos visages. Un sourire carnassier déforma ses traits.

Un ultime aboiement de Lucius nous tira de la stupeur. Le cri muet qui déchirait ma gorge finit par fracasser mes dents. L'air vibra de terreur aussi fort qu'éclate un orage d'été.

Sans comprendre par quelle volonté ou quelle énergie, nos jambes nous portèrent hors le sentier, sous les frondaisons. Trois lapins sous le regard des aigles royaux, nous courions au hasard dans les couloirs de cette prison à ciel ouvert. Mes yeux fous se jetaient de branche en talus dans l'espoir d'échapper à l'angoisse.

C'est ainsi que je perdis la trace de Judith et Lucius.

J'errais un temps pâteux dans le sous-bois. Je m'engluais dans les affluents des geysers d'écorce, je me noyais dans la ramée et m'emprisonnais dans les racines. Étais-je encore de ce monde ? Tous mes sens aux aguets, j'étais incapable de retrouver mes proches, mon chemin, ou même mon esprit.

Comble de l'infortune, c'est quand la fenêtre est ouverte que les nuisibles rentrent...

Un bruissement dans mon sillon happa ma conscience. Il n'avait pas le parfum amical d'un petit déjeuner au château, mais celui plus aigre de la bile qui vous retourne l'estomac. Je fis volte-face pour contempler ce que nul homme ne devrait jamais avoir à supporter.

Quelque chose se ruait vers moi. Quelque bête animale, végétale, fongique, et minérale tout à la fois. Des appendices de couleurs innommables aux formes insoutenables. Une engeance née de ce dont les cieux n'avaient jamais osé accoucher. La lumière n'osait pas toucher ce corps : l'ombre y régnait ; elle s'étirait, s'étendait, se déchirait, tournait et virevoltait, créant cette informité, cette chimère.

Ses yeux seuls portaient la reconnaissable marque du prédateur qui a trouvé sa proie.

Mes poumons refusèrent de donner l'air pour hurler mon horreur. Ce furent mes yeux qui crièrent et mes cheveux qui dégueulèrent une sueur d'angoisse.

Le monstre dévorait la distance, se métamorphosant plus vite que l'esprit ne pouvait le concevoir. Ses bras dégoulinaient comme de la roche en fusion. Il changeait sa substance plutôt qu'il ne mouvait ses membres, comme une avalanche dévale la montagne en avalant tout sur son passage. Il se déplaçait à la toute vitesse de l'immobilité.

Mes jambes flageolèrent, je chutai. Je ne saurais dire si le geste qui me sauva était un réflexe ou s'il fut inspiré des anges, mais je saisis sans m'en apercevoir l'unique flèche restante de mon carquois malmené. Je la brandis devant moi, ou en tout cas mon corps le fit, et le monstre empala son horrible substance sur la pointe d'acier alors qu'il se jetait sur ma presque-charogne.

Impossible de savoir, même avec le recul, si un organe vital avait été touché, ou si l'alliage était pour ces créatures quelque poison, mais toujours est-il que le cauchemar mourut sur moi dans la seconde. La créature se figea en plein mouvement, vivante et morte à la fois. Ses pupilles luisaient comme un astre mort.

Je sentis son odeur de poisson pourri se déverser depuis ses gueules sur ma peau, me marquant à vie d'un miasme qui ne partirait plus même en frottant comme on écorche un condamné. D'humides suppositoires éclatés d'excréments coulaient de ses yeux. Je me dégageai de cette parodie d'étreinte amoureuse et contemplai la créature qui déjà bouillait à la lumière du soleil.

Mon corps décida finalement de respirer à nouveau, puisque je n'avais visiblement pas trépassé, quand Lucius arriva dans la clairière et se jeta sur le monstre.

À cette vision, mon cœur gonfla. Mais, même morte, la bête semblait dangereuse. J'appelai mon limier à mes côtés.

– Où est Judith, Lucius ?

– Ouaf !

– Judith ! Cherche Judith ! l'intimai-je en produisant de mon sac un morceau de porc séché qu'elle avait coutume de lui offrir.

Lucius renifla le porc séché, et sans demander son reste partit en trombe sous les foliaisons, ne se retournant que pour vérifier que je suivais ses traces. Nous arrivâmes en bordure de rivière quand Judith apparut de derrière un épais bosquet.
– Dieu soit loué, bien-aimé, vous êtes là ! J'ai vu ces créatures vous poursuivre. J'ai tant craint pour votre vie.
– C'est un soulagement de vous retrouver, ma mie, mais nous ne sommes point tirés d'affaire. Hâtons-nous de quitter ce bois, j'ai occis un monstre mais l'autre rôde encore.
Judith m'indiqua un chemin qu'elle avait repéré comme une sûre échappée, mais je ne l'écoutais déjà plus.
Lucius grognait. Il grondait et montrait les dents comme il l'avait fait plus tôt en présence des monstres, à l'orée de la forêt.
Mon trouble n'échappa pas à mon vis-à-vis. La créature comprit bien vite mon dessein car le visage contrefait de Judith se décomposait déjà quand je saisis une pierre et l'abattis sur sa tête avec célérité. Le crac sonore qui vibra sous mes doigts et la giclée d'ichor rouge qui s'échappa furent les seuls indices que je m'autorisai avant de prendre la fuite. Son corps n'était pas encore tombé au sol que Lucius et moi repartions de plus belle, laissant l'horrible scène derrière nous.
Nous courûmes une centaine de mètres à peine quand j'acquis la conviction que le monstre non seulement ne nous suivait pas, mais que la vie l'avait quitté. Lucius se blottit contre ma jambe en gémissant. Je pris ma décision :
– Non, mon brave. On ne peut pas rentrer maintenant. Il faut retrouver la vraie Judith. Allez, viens, ça ira maintenant.

J'ignore ce qui me donnais tant confiance. Était-ce le fait d'avoir pu abattre la première bête, ou la sûreté du coup que j'avais asséné à la seconde ? En tout cas, l'avenir me semblait soudain brillant. Guidé par Lucius, j'appelais Judith à grand cris en espérant de tout mon cœur la trouver saine et vive.

Je pris soudain conscience que le sol collait à mes semelles. Je baissais les yeux pour constater qu'une flaque de sang séché s'étalait de tout son long, prenant son aise sur le chemin. Le liquide rouge avait gorgé la terre jusqu'à sa source, peignant une grande aquarelle de violence.

Rien sur Terre ne m'avait préparé à contempler ce qui gisait là, à trois mètres de mes pieds, à moitié jeté dans un buisson. Les mots manquent pour exprimer l'horreur de constater qu'il ne s'agissait pas du cadavre de Judith. Dans ce miroir cramoisi gisait le corps en charpie de Lucius.

Si Lucius était là depuis tout ce temps... Alors, c'est ma Judith que j'ai... Et la créature !

Je fus submergé par une vague d'effroi. Paralysé dans tout mon être. J'acquis l'horrible certitude que ce que j'avais pensé être mon chien, et qui se tenait à mes côtés il y a à peine un instant, ne s'y trouvait plus. Ce n'était pas la peine de tordre ma nuque pour savoir que derrière moi grandissait une forme innommable. Cette tâche, de toute façon, serait bientôt diligemment accomplie.

C'était une belle journée pour la chasse. Pour le mariage, c'était compromis.

Mon beau sapin...
Janine Jacquel

Dans le silence ouaté de l'hiver, la forêt de la Vôge semblait morte. Un long sommeil s'en était emparé dans une sérénité digne des Temps anciens. À une époque où l'agitation régnait partout, ce silence, cette immobilité étaient presque pesants, on croyait en sentir l'épaisseur et la presque incongruité.

Pourtant la vie était là, cachée, secrète. Des traces sur la neige épaisse qui venait de tomber signalaient le passage de cerfs, de chevreuils, de renards. Si les vieux arbres avaient pris le parti de somnoler, histoire de se refaire une santé, ce n'était pas le cas de tout le monde ! Un jeune sapin, que la monotonie hivernale ennuyait, trouvait le temps long. Il avait hâte de grandir, de devenir un haut conifère aux belles branches tombantes, aux aiguilles d'un vert profond et vernissé.

Il était d'une curiosité insatiable et bien que poussant au plus profond de la forêt, il voulait connaître le vaste monde. Un vieux sapin avait été son mentor. Ce précepteur l'avait quitté cet été, coupé par un solide bûcheron qui avait remarqué ses proportions parfaites et sa belle écorce épaisse et rocailleuse. Le petit sapin en avait conçu un tel chagrin qu'il avait perdu beaucoup de résine et avait toujours du mal à admettre cette disparition. Un vieux hibou, qui squattait une ferme franc-comtoise abandonnée, lui rendait régulièrement visite. Il était porteur de nouvelles glanées de-ci de-là dont son jeune ami était friand. Cet informateur hors pair bientôt centenaire essayait de lui enseigner la philosophie et, en épicurien assumé, voulait le convaincre de profiter du moment présent. Son jeune ami acquiesçait tout en ne pouvant s'empêcher de s'interroger. Qu'allait-il devenir ? Il aurait aimé prolonger sa vie d'arbre en abritant le mécanisme d'une horloge comtoise au cadran d'émail et au balancier de cuivre. Cet objet l'agréait, lui qui était obsédé par le temps qui passe, parfois trop vite mais souvent trop lentement. Devenir une armoire peinte, ornée de fleurs et exhibant au-dessus de chacune de ses portes les monogrammes de jeunes mariés à qui le meuble serait destiné, pour lui, c'était la classe ! Mais horloge et armoire n'étaient plus de saison, dixit le vieux hibou. D'abord, on ne se mariait plus, ensuite on recherchait des meubles pratiques et fonctionnels. Car, que range-t-on dans une armoire ? Presque rien, tandis qu'un grand placard... N'empêche, il aurait aimé être maître de son destin qu'il ne concevait que brillant pour ne pas dire glorieux. Et tous les prêchi-prêcha louant la modestie et la simplicité du hibou (qui radotait un peu) ne servaient de rien. Or, un matin...

Il ne les avait pas entendus arriver. La neige épaisse et molle étouffait leurs pas. Ils furent devant lui comme une apparition, tous deux emmitouflés dans d'épaisses doudounes, l'un armé d'une tronçonneuse, l'autre, les bras ballants, qui paraissait le chef.

– C'est celui-là que je veux ! Oui, c'est celui-là et pas un autre ! À entendre cette voix, on était certain que cet homme n'avait pas l'habitude d'être contredit.

Tout se passa très vite. Le petit sapin ressentit une douleur fulgurante. Il s'écroula avant de s'évanouir. L'air vif de la bise, qui soufflait selon son bon plaisir, tenant compagnie à l'hiver, le réveilla. Il avait été kidnappé et on l'emmenait vers une destination inconnue.

*

Le petit sapin trônait dans le vaste salon d'une immense demeure dont il avait entraperçu la façade à colombages et le toit pentu. Une femme et des enfants excités s'affairaient, tournant et retournant autour de lui, s'éloignant pour juger leur œuvre, puis revenant parachever, comme suprêmement inspirés, leur tâche d'une importance sans pareille. On avait suspendu à ses branches des boules multicolores d'un verre transparent qui reflétait les lumières, des guirlandes argentées et dorées le parcouraient, s'entrecroisant en un savant lacis et si nombreuses qu'elles semblaient ruisseler sur ses aiguilles. Ce fut l'apothéose quand, pour magnifier cette livrée qui l'habillait tel un souverain, on le coiffa d'une imposante étoile d'or. Si seulement quelqu'un approchait un miroir dans lequel il pourrait se contempler ! L'un de ces enfants qui paraissaient l'adorer aurait-il cette bonne idée ? Le petit sapin, intimidé par cette grande maison et toute cette agitation, n'osait manifester son désir, pourtant ardent, en remuant ses branches. Il put néanmoins voir l'effet qu'il faisait dans les yeux de tous – petits et grands – et il ressentit une extrême satisfaction, sentiment qu'il n'avait jamais encore éprouvé avec une telle intensité. Pas de doute, ce serait lui le héros de la fête qui se préparait. Son destin était tout tracé, par une inexplicable magie, il était devenu une idole qu'on ne se lasserait pas de vénérer.

En effet, le lendemain soir, après des regards appuyés, les invités qui s'extasiaient sans retenue devant sa beauté, se réunirent tout près de lui. À ses pieds des paquets superbement emballés s'entassaient. Et dans la douce chaleur que répandait le bois brûlant dans la cheminée (le petit sapin eut vite reconnu la bonne odeur du charme si fréquent dans sa forêt), s'éleva un chant que son vieux professeur lui avait appris et qu'il avait oublié :

Mon beau sapin, roi des forêts
Que j'aime ta verdure !
Quand, par l'hiver, bois et guérets
Sont dépouillés de leurs attraits,
Mon beau sapin, roi des forêts,
Tu gardes ta parure...

Cette chanson, déroulant ses couplets, et entonnée avec conviction par tous les invités, procura au héros de la fête une joie si intense que ce sentiment égalait presque en intensité la douleur qu'il avait éprouvée à la mort de son précepteur.

Ce fut, ensuite, le déballage des cadeaux. Tout le monde se précipitait. Pour aller plus vite, les enfants déchiraient à belles mains le beau papier aux couleurs de Noël. On ne le regardait plus. Le contenu des paquets, les remerciements, les jouets qu'on s'empressait d'étrenner, voilà ce qui occupait les commensaux.

Au matin, la fièvre était retombée. Les gens de la maison bâillaient, dormaient à demi devant leur tasse de café

et passaient, indifférents à côté de lui en traînant les pieds. Le petit sapin aurait voulu leur crier :
— Hé, je suis là, regardez, je suis toujours aussi beau, regardez mes boules, mes guirlandes, mon étoile...
Mais le charme était rompu, il ne comprenait plus. Sa vie de sapin célèbre ne faisait que commencer, il en avait à peine goûté les délices et ce serait déjà terminé ! Ce n'était pas possible. Le sort était trop injuste, trop cruel !

« Le roi de la forêt » ignorait que, pour lui, la fête était bel et bien finie. Dans les jours qui suivirent, des mains enfantines arrachèrent sans ménagement aucun les chocolats qui garnissaient ses branches. Cette soudaine brutalité le laissa pantois, les enfants regrettaient-ils de s'être laissé aller à une admiration sans retenue, vite épuisée, remplacée par la frénésie de la découverte des trop nombreux cadeaux ? Puis, tandis que ses aiguilles commençaient à tomber et souiller le parquet en point de Hongrie du salon, on le dépouilla prestement de ses boules et guirlandes. On ôta l'étoile d'or et le petit sapin comprit qu'il était détrôné. Quand il vit qu'on rangeait soigneusement les attributs de son couronnement, il comprit qu'une autre victime, l'année prochaine à la même époque, lui succéderait.

Et le petit sapin se retrouva tout nu sur le trottoir. Un ciel bas et gris comme un couvercle fermait l'horizon, tout paraissait terne et d'une immense tristesse. Il se faisait bousculer par des piétons pressés qui, souvent, le piétinaient.
— Non, je ne veux pas mourir comme ça, gisant abandonné de tous après avoir été adulé et admiré. J'aurais préféré brûler

dans la cheminée en compagnie des arbres de ma forêt bien-aimée.

Et le petit sapin de se lamenter dans un silence dédaigneux et glacial. Lui revint alors un souvenir. Les mots, l'intonation de son ami le hibou, tout se mit en place, comme si la conversation avait eu lieu hier. C'était le soir. Le rapace, qui était en quelque sorte le concierge de la forêt, n'avait pu se priver du plaisir d'un brin de causette avant de partir en chasse. Il déclara dans sa langue inimitable où l'argot se mêlait à un vocabulaire choisi.

– Je viens d'apprendre une nouvelle qui fera pousser des cris d'orfraie (il hululait d'autosatisfaction chaque fois qu'il employait cette expression !) à tous ceux qui, comme toi, ont une haute idée d'eux-mêmes et de leurs semblables. Voilà dorénavant, mon cher petit, ce que deviennent les conifères que l'on plante à qui mieux mieux dans toutes les forêts : des pellets. Tu vas me demander, quèsaco des pellets ? Ce sont des granulés fabriqués à partir de petits morceaux de bois et de sciure recompactés. Adieu, les belles bûches flambant dans la cheminée, bonjour ces moches petits bouchons beigeasses, si pratiques et si inflammables. Quel bel avenir pour un résiné de belle facture ! C'est le progrès, les gens d'aujourd'hui – même ceux qui vivent à la campagne – ne veulent pas s'enquiquiner la vie avec un tas de bois encombrant et salissant !

À ce souvenir prégnant, le petit sapin entrevit dès lors une fin de vie indigne, qui ruinait toutes les aspirations de sa jeunesse. Il se prit à adresser une prière fervente, il ne savait pas trop à qui. Le vent, qui avait toujours aimé se faufiler dans

ses branches et les faire frémir de plaisir, emporta sa prière au plus haut de l'empyrée et miracle, pour une fois le Ciel entendit la requête. Un coup de tonnerre ébranla la voûte céleste. Tout en bas, sur la terre, les gens qui avaient oublié Noël et même le réveillon du Nouvel An, ne réagirent pas. Certains songeaient à leurs prochaines vacances à la montagne et scrutaient les nuages pour tenter d'y lire l'arrivée prochaine de la neige, mais la majorité des gens, comme naguère le petit sapin dans sa forêt, attendaient le retour des beaux jours. Seule, une aïeule qui avait encore l'ouïe fine déclara doctement :
– Tonnerre en janvier, des fruits plein le panier.
Pour l'ex-roi de la Noël déjà oublié, la promesse de la renaissance de la nature ne signifiait plus rien. Il ne verrait pas les fruits de l'année qui venait : les faînes, les noisettes, les fraises des bois, les framboises et les incomparables myrtilles...

*

– Dépêchons-nous, on nous attend !
Celui qui s'adressait ainsi à son équipe ne cachait pas sa bonne humeur ni sa satisfaction. Il était content d'accomplir sa tâche.
– Il va falloir faire des partages égaux car il y a des amateurs : les ours polaires, les bœufs musqués, les singes sont demandeurs. Je crois que, mis à part les serpents, tous les animaux sont partants. Certains grignotent les branches, d'autres s'amusent avec et tous apprécient la bonne odeur de la forêt. Au départ, ils sont déconcertés mais après ils en raffolent !

Le petit sapin avait bien écouté ces paroles surprenantes. De quoi parlait-on et où se trouvait-on ? Il découvrit des animaux parqués selon leur espèce, dans des enclos plutôt petits. Des prisonniers en somme, que l'on ne pouvait que plaindre et qui ne profitaient que d'une nature falsifiée, réduite à une copie de la vraie, la sauvage. Quand le petit sapin eut compris qu'il allait « servir de pâture» à ces malheureux privés de liberté, il soupira, un peu moins malheureux :
— Bien sûr, j'aurais préféré vivre plus longtemps... Je n'aurai pas eu une longue vie, mais j'aurai eu une belle mort !

La Dame du Kordofan
Jean-Pierre Sombrun

À l'aube de mes vingt ans, cloîtrée dans cette rotonde glaciale depuis plusieurs semaines, affaiblie par la maladie, c'est à peine si je peux me redresser. Au fil des jours mes dernières forces iront s'amenuisant et ce ne sont pas les sollicitudes de mes proches qui pourront influer sur mon inéluctable fin. Après avoir connu la gloire, j'allais tomber dans l'indifférence et l'oubli. J'allais partir l'âme en paix, sans regrets, avec l'insigne honneur d'avoir été admirée, célébrée, adulée. Les images de cette vie hors normes se bousculent dans ma tête, tant il m'est difficile d'y entrevoir un déroulement ordonné.
Je pars le regard noyé dans les yeux embrumés de mon fidèle compagnon Atir.

Je vivais une petite enfance heureuse et paisible au sein des miens sur ces terres désertiques de l'est Africain, lorsqu'un jour, des étrangers vinrent m'arracher à ma terre natale pour une destination inconnue. Le vif chagrin que j'éprouvai en cet instant fut en partie tempéré par la présence de mon fidèle ami. Nous allions entreprendre un interminable voyage au travers de ces vastes étendues arides en longeant le Nil de sa source à son delta.

Immergée dans Alexandrie, mégapole foisonnante de vie, je fus saisie d'un profond vertige. Cette effervescence avait de quoi m'affoler, moi qui n'avais connu que la quiétude et la langueur d'une vie sédentaire sur les plateaux du Kordofan.

Il nous fallut patienter plusieurs jours avant la visite d'inconnus issus d'un autre monde à en juger par la pâleur de leur visage et par leurs accoutrements des plus improbables. Je fus rassurée par mon compagnon qui m'assura qu'il serait toujours à mes côtés quoi qu'il arrivât. Après d'interminables palabres, l'affaire conclue, je compris que nous allions voguer vers d'autres cieux. Je fis contre mauvaise fortune bon cœur.

Voir les hommes s'affairer sur ce galion amarré le long du quai m'inspira la plus grande méfiance. Serait-ce à mon intention que des charpentiers s'activaient sur l'embarcation ? Une partie du pont fut démontée afin d'accroître l'espace d'évolution, à bord, de cet étrange équipage. Les caresses apaisantes de mon ami me firent supporter cette longue attente.

On m'invita à prendre place à l'intérieur du bâtiment en ayant toujours le souci de préserver mon confort. Quel émerveillement que de découvrir ce grand trois mats aux voiles bordées prêt à appareiller pour cette jeune Africaine qui n'avait connu que les felouques du Nil ! La croisière me sembla interminable malgré les gestes attentionnés de tous ces gens. Après plusieurs jours de mer dans des conditions souvent inconfortables nous allions aborder une nouvelle terre.

La ville, au fait de notre arrivée, était dans un état de fébrilité palpable. Je voyais bien qu'une entreprise hors du commun allait prendre forme. Des personnages d'importance, à en croire les signes de déférence qu'on leur manifestait, s'affairaient autour d'animaux dont la présence m'interpella. Trois vaches, deux mouflons et une antilope allaient visiblement faire partie de l'aventure. Le maître d'œuvre incontesté gérait les préparatifs avec maestria. Cette opération avait tout l'air d'une mission de la plus haute importance.

Le convoi allait s'ébranler et quitter la cité phocéenne sous les acclamations d'une foule qui visiblement portait sur ma personne une admiration singulière.

Le maître d'œuvre de l'expédition s'imposa comme leader incontesté. À ses côtés, un accompagnateur assigné à la surveillance de la gent animale, deux chambellans fidèles serviteurs affectés à ma personne et trois cavaliers en tenue militaire chargés d'assurer la sécurité. Cette effervescence avait de quoi m'affoler si ce n'était la présence rassurante d'Atir, mon fidèle compagnon.

Nous partîmes sous une pluie battante, ovationnés par la population. Nous marchâmes toute une journée, traversant villes et villages où la chaleur de l'accueil ne faiblissait pas. Cet engouement dépassait mon entendement. Pourquoi une telle liesse pour une procession des plus banales déambulant dans nos campagnes ? Il me fallut un certain temps pour réaliser que j'en étais l'objet. En effet, au fil des jours, les attroupements se faisaient de plus en plus nombreux. Leur sollicitude demeurait un mystère à mes yeux. Qu'avais-je donc de si remarquable ?

Les étapes avaient été programmées par le leader de l'expédition. La vingtaine de kilomètres journalière convenait aux capacités de chacun. En cours de route, les pauses autant que de besoin ne manquaient pas de ressourcer les participants. Nos amies les bêtes assuraient le ravitaillement journalier en lait dont j'étais spécialement friande. C'était plaisir à voir tout ce beau monde s'affairer matin et soir auprès des mamelles de ces demoiselles qui se prêtaient de bonne grâce à ces caresses. Tout un rituel se mit alors en place pour le bonheur de tous. Une entreprise bien rodée.

À Aix, je m'autorisai quelques familiarités en me servant dans les jardinières aux balcons des habitations, au grand dam des animaux du groupe, contrairement aux résidents qui ne s'en offusquèrent pas pour autant, subjugués qu'ils étaient par la réalité de ma présence. Mes fidèles compagnons m'en avaient déjà fait le reproche. Malgré mes résolutions de me soustraire à ce travers, le naturel reprenait vite le dessus tant mon penchant pour les fleurs était irrépressible. Ils m'enviaient d'accéder à ces délices inaccessibles pour eux, et c'est par pure solidarité qu'il m'arrivait de leur en servir une part.

L'étape de Lyon fut des plus mémorables. Le convoi abordait la place Bellecour où nous devions bivouaquer, quand je fus saisie d'un vent de panique. Face à cette esplanade submergée par une foule en liesse, je perdis tout contrôle, malgré la présence rassurante d'Atir. Des groupes d'enfants entreprirent une farandole en proférant des cris inaudibles. Effrayée, je me libérai de l'étreinte de mes proches et entrepris une course folle, déclenchant alors des scènes de panique. Il en fut ainsi pour l'antilope et le mouflon qui, emboîtant mes pas, m'accompagnèrent dans cette échappée délirante. S'ensuivit une débandade généralisée sous des hurlements qui ne firent qu'accentuer mon affolement. L'on tenta bien de me calmer, en vain. Ceux qui s'y risquèrent en furent pour leurs frais, certains bousculés, heurtés, culbutés, entraînés dans des chutes dont les conséquences se limitèrent à quelques ecchymoses. Après de longues minutes, à bout de forces, je consentis à rendre les armes. Je fus profondément meurtrie par cet épisode, confuse et affectée auprès de mes compagnons tant attentionnés.

Cette expédition partie de la côte méditerranéenne à l'assaut de la capitale allait remémorer chez certains un célèbre événement de notre histoire, cinquante ans plus tôt, au cours duquel l'Empereur accompagné de fidèles de plus en plus nombreux au fil de l'avancée avait tenté de reconquérir Paris. L'accueil était tout autant chaleureux, enthousiaste, passionné au fil des jours qui voyait l'affluence des admirateurs, grandissante.

Le voyage se déroulait sans encombre malgré son lot de petits incidents qui n'entamaient en rien le moral des troupes. Les rituels étaient bien établis. Chacun assumait son poste avec sérieux, trop fier d'avoir été sollicité pour cette grande aventure. Je m'étais bien intégrée au groupe et avait lié des relations d'amitié avec certains, sous le regard toujours vigilant d'Atir trop soucieux de maintenir sa primauté. L'intendance suivait à merveille sans l'ombre d'une faille. Les impondérables étaient dans l'heure pris en charge et réglés par les autochtones au-delà de toute attente. Les lieux d'hébergement toujours adaptés aux besoins étaient toujours à la hauteur, si vous pouvez me passer l'expression.

Une opportunité s'offrit à l'équipée alors qu'on abordait la quatrième semaine. Il nous fut suggéré de poursuivre une partie du périple par voie d'eau. Non point que les participants fussent épuisés par ce voyage mais plutôt comme une envie de rompre la monotonie des marches journalières. Il fut alors décidé d'embarquer sur ce canal entre Lyon et Mâcon. L'on affréta une embarcation en réalisant quelques travaux nécessaires au confort de tous et plus particulièrement au bien-être de ma personne. Nous nous apprêtions à larguer les amarres quand l'un des gardes évoqua le passage des quinze ponts du parcours ! Un détail, me direz-vous ? En la circonstance, cela pouvait tout bonnement remettre en cause l'étape fluviale.

Loin de tout un chacun l'idée de renoncer à cette croisière ! Il fut admis après concertation d'opter pour l'unique solution qui s'offrait au capitaine : débarquer avant et rembarquer après chacun de ces obstacles.

La dernière partie du voyage se déroula sans encombre. Les habitudes étaient bien installées, le rôle de chacun assumé, une coopération sans faille. Un réel tour de force pour une entreprise à nulle autre pareille qui allait marquer durablement les esprits.

Au quarante et unième jour, la capitale était en vue. Une foule toujours plus nombreuse et démonstrative nous accompagna au travers des rues jusqu'à destination. Les chroniqueurs de presse rapportaient dans les quotidiens la folie qui s'était emparée du peuple de Paris. De mémoire de journaliste, l'on n'avait jamais connu de tels débordements.

Je découvris ma résidence au sein d'un grand parc, sous une immense verrière lumineuse chauffée par le soleil de mai. Sans vouloir me glorifier, je dois reconnaître à l'évidence que tout ce décorum m'était destiné. Je fus surtout attirée par la variété des essences dont certaines m'étaient familières et qu'il m'aurait été bien tentant d'en apprécier la saveur, si ce n'étaient les rappels à l'ordre d'Atir, toujours préoccupé par ma santé.

Mon périple n'était pour autant pas terminé. À peine avais-je intégré ma nouvelle résidence qu'il me fallut à nouveau déambuler vers un autre lieu dont j'ignorais la raison. Pour l'occasion Atir m'avait parée de mes plus beaux atours. Une capeline frappée des sceaux royaux avait été conçue à ma taille. Ma chevelure particulièrement soignée était parée d'un diadème rutilant. L'on avait tout mis en œuvre pour répondre à l'invitation de Sa Majesté, le Roi de France Charles X entouré de la cour royale dans sa résidence de Saint Cloud. Que me valait cet honneur, moi simple résidente d'une terre d'Afrique australe ? Ces gens ne tarissaient pas d'éloges proférant des exclamations d'admirations et autres compliments. Certains, peut-être en marque d'affection, auraient bien aimé me caresser du bout des doigts mais Atir plus vigilant que jamais tenait bonne garde, échaudée qu'il était par l'épisode marquant de la place Bellecour. Sa majesté s'approcha cérémonieusement, deux grands bouquets de roses dans les bras. Je n'en croyais pas mes yeux. Ma première tentation fut vite réprimée par Atir, au fait de mon penchant pour ces plantes délectables : prenant les devants, il se saisit des fleurs.

    Cette folie collective eut son temps. Toutes ces attractions autour de moi se banalisaient. Dans mon refuge parisien les visiteurs se faisaient rares. Des provinciaux saisissant parfois l'opportunité d'un déplacement dans la capitale passaient me voir, par simple curiosité. Après la liesse des jours heureux, entourée et choyée, je fus confrontée à la solitude et à l'abandon et tombai dans l'oubli. Seul mon fidèle ami allait m'accompagner jusqu'au bout de mon existence.
    Les années passaient, je supportais de moins en moins les froidures hivernales de cette terre nouvelle. Je passais les nuits dans ce grand hall glacial au bout duquel un ridicule poêle à bois tentait en vain de réchauffer l'atmosphère. Conscients de la situation, mes hôtes m'avaient attribué deux vaches de compagnie dont la chaleur animale permit d'assurer à la noble dame que j'étais devenue le confort dû à son rang. Après un temps de familiarisation nous devînmes proches, et au fil du temps les nuits de grand froid, nous n'hésitions pas à nous blottir les unes contre les autres. J'étais reconnaissante à mon protecteur de passer le plus clair de son temps à mes côtés. Sa sollicitude à mon égard n'avait d'égal que sa disponibilité. Il était toujours à l'affût de la moindre de mes attentes, prompt à intervenir pour me satisfaire. Sa première

préoccupation était de veiller à ma présentation quelles qu'en furent les circonstances. Pour ce faire, il passait de longues heures à me brosser en tous sens avant que de me peigner impeccablement, réajustant ma coiffure au moindre souffle d'air. Cela suscitait pour lui une charge à plein temps, au grand dam d'envieux collègues qui trépignaient auprès des instances, indignés par ce favoritisme.

L'année de mes quinze ans, on entreprit de me présenter à un congénère italien pour rompre ma solitude s'il en était. Cette délicate attention ne fut pas suivie d'effet, contrairement au désir d'union qu'aurait tant espérée mon entourage. Après quelques semaines l'on dut se rendre à l'évidence. Je n'étais pas disposée à entreprendre une liaison. Je me sentais célibataire dans l'âme. Il ne restait plus au transalpin qu'à réintégrer sa cité latine.
Cette vie d'exilée dans ce grand jardin où je ne manquais de rien, si ce n'était la nostalgie des grands espaces de ma terre natale, fut ma destinée finale. Je pensais bien que j'y finirais mes jours avec toujours à mes côtés mon fidèle compagnon.
Au seuil de mes vingt ans, je contractai une fièvre particulièrement virulente qui allait m'emporter en quelques jours.

Moi, Zarafa, la douce, la charmante, première girafe à fouler le sol de France en l'an 1926. Présent royal du vice-roi d'Égypte Méhémet Ali au roi de France Charles X, en gage d'amitié entre les deux souverains.

Tu es leur fille
Mounia Lbakhar

Je m'éveille de ma torpeur. Dehors, le soleil éclate en boule ardente et incandescente sur les montagnes et j'ai l'impression que les champs se délitent en étendues brûlantes et visqueuses, des mirages miroitant d'étranges formes à l'horizon. C'est le mois de juin à Imilchil, et les inondations qui ont malmené le village sont déjà bien loin, faisant place à une sécheresse aride, âpre, nous laissant un goût de métal dans la bouche. Le goût de l'eau qui se fait boueuse, mêlé à l'acidité des pommes dont les arbres s'étalent à perte de vue.
Je me lève, un peu vaseuse. Mon bas-ventre me lance terriblement. On a dit de moi qu'un enfant s'est endormi dans mon ventre. On a dit de moi qu'il s'est niché dans mes entrailles, un soir où mon mari s'est glissé dans mes couches, pour tenir dans ma matrice (« el walda », ou terre-mère, unité procréatrice et mère du monde). Je n'ai plus mes règles depuis plusieurs mois, mais mon ventre a refusé de s'arrondir. Ma belle-mère regardait d'un œil réprobateur ma silhouette gracile et mon ventre plat. Elle maudissait l'enfant en moi qui s'est endormi :
– Eh quoi ! Quand aurai-je des petits-fils ! Et quelles seront les belles filles qui m'aideront aux champs, les jours où mon dos écrasé par ces années de labeur se cassera en deux !
Je me presse le bas-ventre avec mes paumes chaudes et moites. Je sais bien que je ne suis pas enceinte et n'accorde

pas crédit à ces histoires d'enfant qui dort. Je sais en revanche que je serai une de ces femmes que l'on mettra de côté, leur ventre semblable à un champ de labour infertile. J'entends bien leurs chuchotements, les rumeurs, je vois bien leurs regards. Que faire d'une femme qui ne donne pas d'enfants à son homme et à sa belle-famille ?

Au loin, j'entends le bruit des tambours qui dans un rythme de plus en plus effréné agite les hommes, leurs voix graves se détachant du vent de fin d'après-midi. Au loin, la voix d'un homme paraissant plus fiévreuse que les autres. Je devine ses traits tirés, ses gestes turbulents, ses mains qui se frappent la poitrine, sa véhémence et sa ferveur, comme guidé par un autre. L'homme en transe hurle à la foule des paroles semblant venir d'outre-tombe. Ma mère d'adoption m'a un jour dit que les hommes sont parfois pris d'un étrange démon qui les change complètement, les rendant méconnaissables aux yeux de leur propre famille. Ils commencent par délaisser leurs prières, leurs oreilles devenant sourdes à l'appel du muezzin, puis par s'isoler, ne prenant plus leurs repas avec leurs proches, ne partageant plus le thé avec eux le soir, quand le froid se jette sur les corps et quand commencent à poindre les premières lueurs de lune et d'étoiles. Enfin, ils semblent converser avec d'autres, que nos yeux de pauvres créatures vulnérables ne peuvent voir, participant à des échanges que l'on ne peut imaginer.

– Il y a des hommes qui ne peuvent résister à la musique, m'a-t-elle dit, sa voix dans un murmure presque imperceptible, comme les agitations d'un scarabée dans la terre, il y a des hommes qui pour se soigner commettent l'irréparable. Leurs

maux les entrainent vers la poussière, et pour s'en délivrer ils seraient prêts à tout. Mais pour que la musique s'arrête…
Elle s'est tue, la voix tremblotante.
– Que se passe-t-il alors ? ai-je demandé, la peur au ventre.
– La musique ne s'arrête que lorsque ces hommes tombent et ne se relèvent jamais.
Dehors, les tambours fendent l'air de plus en plus vite. Soudain, le cri de l'homme comme un appel au monde, et à ses créatures, visibles et invisibles. Et puis le silence, comme un visage familier et salvateur après une longue nuit d'angoisse. Et enfin la foule qui se dissipe, troupeau désolé et encore un peu exalté, prenant soin d'ignorer cette vieille femme sanglotant et hurlant au soleil son injustice.

Dehors, les femmes ne vont pas tarder à rentrer de la récolte. Je les accompagnais, jadis, avant d'être bannie des cueillettes. Nous sortions dès l'aube, après la prière de Fajr, quand les vallées et les montagnes commencent à rougeoyer sous les premières lueurs, la lune continuant de déverser ses faisceaux timides sur la campagne. L'air était encore frais, et j'aimais entendre les rires et les chants des femmes sur les allées tantôt boueuses et tantôt poussiéreuses qui nous menaient aux champs. Surtout, c'était ces chants qui m'émouvaient, me prenaient à la poitrine, et la gorge nouée, j'écoutais ces femmes raconter leurs blessures, ou de belles histoires d'amour interdites. La récolte, sous le soleil aride, était difficile, et ces élans de solidarité entre nous étaient du baume au cœur.

Et puis, cette nuit : la pluie éclatait en trombe sur les montagnes ocres, si forte que nous croyions qu'il s'agissait de Zalzalah, la Secousse ultime qui terrasse les vivants et ressuscite les morts. Dans ces éclats, une agitation que l'on percevait : Meryem avait accouché et on ne comptait plus les tissus gorgés de sang que l'on épongeait encore et encore de son bas-ventre. Je me suis levée, comme guidée par un autre, mon mari dormant profondément, et je suis sortie de la maison sous la pluie diluvienne. L'eau rentrait dans mes vêtements, dans ma peau, dans mes os. Je suis entrée dans la maison où des femmes criaient leur désespoir. On ne faisait même pas attention à moi, femme-fille chétive au pas léger comme le vent bruissant sur les feuilles. Meryem était livide, se tordait dans tous les sens, divaguait, parlait à sa défunte sœur en lui disant combien ses tresses étaient jolies et combien il lui tardait de finir la robe qu'elle confectionnait pour son mariage. Sa mère, l'œil mourant, tenait son nouveau-né vigoureux et joufflu qui hurlait et semblait avoir dépossédé sa mère de toute son énergie et sa vitalité. J'ai posé ma main sur le ventre à la fois transpirant et glacé de Meryem. Puis je suis sortie en trombe chercher quelques plantes dans mes maigres réserves pour préparer une décoction, que j'ai fait boire à Meryem, qui toussait et crachait. Et puis, le miracle : le torrent rubis entre ses jambes s'est tari de lui-même et s'est asséché, telle la rivière sous le soleil cuisant des mois les plus chauds. J'ai souri à moi-même, l'œil humide, heureuse de pouvoir de nouveau compter Meryem parmi les nôtres. Mais j'ai été vite prise au dépourvu quand la colère de la mère de Meryem s'est abattue sur moi comme l'éclair au dehors :

– Sorcière ! Tu es bien leur fille, à eux deux ! Dehors, pas de sorcellerie dans cette bâtisse !

Cela a été le début de l'exclusion, car on a dit que l'opprobre était jeté sur moi à jamais. Il me colle à la peau, tant et si bien que nous ne faisons qu'un. Les petites filles refusent de jouer avec mes longs cheveux bruns, de les tresser et de les enduire d'eau de la vallée des Roses. Elles fuient à mon approche, et j'ai l'impression d'être devenue une ombre. Les femmes crachent lorsque je m'approche trop d'elles lors de la cueillette. L'une d'entre elles, Khadija, qui jadis était promise à mon époux avant moi, m'a crié à la figure :

– Toi ! N'eût été cette beauté vénéneuse et maudite, Walid ne t'aurait jamais prise comme femme ! Va-t'en, sorcière !

Ma beauté ! Elle n'a jamais été qu'un fardeau, pour moi. Je l'ai senti dans ma chair, petite, et peut-être même avant que je sois une lueur dans le regard de ma mère. Orpheline depuis toujours, sans protection, j'ai toujours senti les regards malsains et lubriques des hommes sur moi. Je vomis ces yeux, ces cheveux et ces traits qui ne m'ont apporté que malheur : jalousie des femmes et convoitise des hommes. Mon corps n'a jamais été un allié, il a toujours été un fardeau, mon pire ennemi. Mais voilà, depuis que j'ai cessé de saigner, je suis enfin heureuse : enfin mon corps me répond ! Et enfin mon mari commence à me délaisser, à délaisser de plus en plus ma couche, à laisser vagabonder ses yeux ailleurs…

Où que j'aille, je les entends me maudire, me craindre, mais d'une certaine manière me redouter. C'est désormais moi que l'on va chercher, bien entendu en regardant par-dessus son épaule, quand un jeune enfant est malade, quand tout parait sans espoir et après s'en être remis à Dieu… Je suis devenue celle que le village redoute, méprise, mais celle que l'on va consulter en dernier recours, une nuit de vacarme ou lorsque la douceur du printemps berce les femmes et les hommes de cette changeante campagne. Je prépare des mixtures à l'aide de plantes que la plupart des femmes du village n'ont jamais vues, je guéris en posant mes mains sur des ventres, ici et là, je vois dans l'avenir avec une justesse qui parfois m'effraie…

Je me lève, donc, douleur lancinante dans mon bas-ventre, impression d'être cotonneuse, et sors dans la campagne ardente. Je traverse les ruelles poussiéreuses en contemplant les petites maisons et les « hanout », les étalages de tapis, d'épices, de fruits et légumes, les boucheries d'où sort une forte odeur de viande rancie par la chaleur, les petits magasins de vêtement. Imilchil change. Le commerce se développe, le marché abonde en nourritures en tout genre. Mais l'eau est encore plus rare qu'autrefois, et les jeunes hommes ont déserté, en quête d'un meilleur avenir en ville. Je me souviens qu'autrefois mon bas-ventre était pris d'un feu lorsque je songeais à partir en ville moi aussi – quitter cette terre qui à la fois m'enchante, et m'étouffe, et m'oppresse. La terre de mon enfance, mon berceau et mon joug, terre-mère adorée. J'ai parfois l'impression de devenir semblable à cette poussière que j'adore et que j'abhorre.
Je cours avec hargne à travers les pistes sablonneuses. J'ai, la veille, prétexté à mon mari une visite à une tante lointaine qui

me prendrait plusieurs heures. Il m'a écoutée d'une oreille distraite et a vaguement répondu de lui apporter quelques fruits. La douleur au bas-ventre est de plus en plus lancinante, et pourtant elle semble coïncider avec une sorte d'excitation qui ne m'a jamais parcourue de la sorte. J'arrive à destination : le lac Isli s'étend devant moi, majestueux, imposant. L'air léger de la fin d'après-midi agite les peupliers noirs, et j'éprouve enfin une profonde quiétude. Je descends vers le lac, dans le sable duveté, en faisant fuir quelques grèbes à cou noir. Nous sommes en pleine floraison des Centaurées et leur éclat rosé qui contraste avec le bleu du lac me procure une profonde quiétude, celle que j'éprouve aussi quand j'aperçois le plumage fauve orangé des tadornes sur le lac. Le sentiment d'être là où j'appartiens.

Abandonnée à mes rêveries, oubliant l'objet de ma venue – cueillir quelques plantes nécessaires à mes décoctions – je n'ai pas vu qu'on m'approchait à pas lents.

– Tu es enfin là !

Une vieille femme toute courbée m'interpelle. Je l'aperçois souvent sur les rives du lac Tislit, l'autre lac derrière les montagnes, que d'une manière inexplicable je n'arrive jamais à approcher. Là-bas, je lui faisais part du fait que ce lac me glace même en temps aride et un étrange poids se pose sur ma poitrine, me coupant le souffle. Ses rives sont noires comme l'ébène, désertiques, dénuées des plantes qui jonchent celles d'Isli. Des tourbillons agitent son cœur, et on raconte que certains, dont les familles refusent l'union, et quand la douleur se fait insupportable, s'y jettent, lors d'un dernier bain salvateur et réduit au désespoir.

La vieille dame est vêtue d'une robe blanche soutenue à la taille par un cordon de couleurs vives. Un sourire éclaire son visage :
— Tu es enfin là, je t'attendais ! Tu sais, la dernière fois, je t'avais dit que j'avais de grandes choses à t'annoncer. Je t'observe depuis quelques temps. J'ai l'impression que tu es prête, désormais ! Tu connais l'origine du Moussem, la fête qui célèbre l'amour et les mariages de la région, après la période sèche. Jadis, deux amoureux de familles rivales voulaient se marier et vivre leur amour au grand jour, mais les deux familles s'y sont violemment opposées. D'une tristesse infinie, lors de leur séparation, et interposés par ces grandes montagnes que tu vois, des flots ont jailli de leurs yeux, donnant naissance au lac Tislit, « fiancée », et au lac Isli, « fiancé ». On dit qu'ils se sont tous les deux jetés dans le lac à qui ils ont donné naissance, mettant un terme à leur désespoir. Depuis, en hommage à leurs amours déçues, on célèbre les mariages lors de grandes fêtes qui rassemblent tous les villages environnants. Mais peu de gens savent que de leur amour naquit un fruit que l'on a caché précieusement, jalousement. Une fille, au regard brûlant et sublime, à la pensée acérée, tantôt rêveuse, tantôt semblant être possédée par mille démons, et douée de facilités pour guérir les autres de leurs maux, sachant parler aux plantes, aux animaux, à la terre, mais jamais aux hommes et aux femmes. N'as-tu jamais remarqué à quel point tu étais à part ? Ce que je voulais t'annoncer, tu es leur f…
— Tais-toi !

Et je me retourne et je m'enfuis, coupant court à ces révélations. Je cours en direction du lac, manquant de glisser sur les plantes et les mousses qui tapissent ses rives. Et, retenant ma respiration, je plonge dans l'eau, et rapidement je n'ai plus pied.

Moi, leur fille ? Moi qui étais si seule, orpheline sans attache. Moi, qui étais avec les autres mais sans jamais être vraiment là, une pièce rapportée vaporeuse, flottant au-dessus du sol, pas vraiment malheureuse car toujours j'étais guidée par ce petit feu en moi qui parfois me consume. Pièce ballottée d'endroits en endroits, choisie par un homme qui maintenant me délaisse. Moi, qui n'ai eu le choix de rien, hormis celui de cueillir avec soin les fleurs et les plantes odorantes les soirs de lune orange et chaude, celui de hurler comme une louve enragée et au ventre écorché aux étoiles lorsque la solitude se fait trop ressentir, celui de poser mes mains sur ces ventres ronds et fébriles, de les aider et les guider, et de sourire béatement lorsque le cri de la vie se mêle aux miens quand je cours à travers les pistes sablonneuses.

J'émerge, en suffoquant. Moi, leur fille !

J'ai l'impression d'une nouvelle naissance, avec cette idée comme une lueur chaude entre mes deux seins. Le lac est toujours aussi paisible. Je sens ses profondeurs agripper mes entrailles, et me serrer fort, très fort. Je l'entends murmurer en moi, je suis calme à présent, je contemple le ciel qui s'assombrit. Moi, leur fille... Et je l'entends chuchoter en moi, avec une voix grave et sourde : « Oui, tu es notre fille. Tu es le fruit de notre amour. Tu es le miel qui a guéri notre blessure et celle des autres après. Nous t'avons conçue le jour où nous avons compris que notre amour était vain et pourtant si intense. Ce jour-là, le soleil était bleu, l'air comme épaissi, la terre s'est fendue en deux, et nous avons tous les deux pleuré de joie et de tristesse. C'est ta mère qui t'a portée et pourtant tu t'es mise au monde toute seule, tu étais déjà si spéciale. Elle ne s'est jamais pardonné de t'avoir laissée et elle tourbillonne encore et encore aujourd'hui dans ses larmes.

Tu es notre fille. Comme nous : âme esseulée en quête d'un ailleurs. Mais j'ai foi dans l'avenir que tu écris pour toi-même. Tu as un feu en toi pour la vie et pour les autres. Tu es comme habitée par un espoir qui te lie aux autres profondément, en plus d'avoir le don de panser, guérir, d'avoir le don de voir dans les lendemains. Nous avons enfin foi, alors va vers toi-même, ma fille. »

*

Je suis la fille d'un amour puissant et ancré dans la terre et désormais plus rien ne m'arrête.

Cabriole
Emmanuelle Refait

Les époux s'enlacèrent dans le creux de leur lit. De cette étreinte jaillit le hasard minuscule qui serait Gabriel.
Le ventre maternel le tira du néant, et puis il fallut naître, l'enfant recroquevillé, la mère écartelée. Ces deux corps s'arrachèrent l'un à l'autre, luttant, ruant, se séparant de toutes leurs forces furieuses et terrifiées. Il y eut un spasme de douleur nue. Il était là.
On posa le tout petit sur le ventre bouleversé de sa mère. Il atteignit le sein, y roula sa tête mouillée, essayait, voulait, ne savait pas. La mère posa sa main sur le crâne minuscule, guida la bouche avide vers le large téton ; et l'enfant but.
– Comment allez-vous l'appeler ?
– Gabriel. C'est très beau n'est-ce pas ?

Et l'enfance passa, éternelle et fugace. Gabriel grandissait entre des parents qui l'aimaient et qui aimaient le monde.
Ils lui apprirent la pureté des matins, ces matins frais et vifs où il est si simple et exaltant de vivre. Quand le ciel éclatait, ils allaient courir à perdre haleine sous l'orage, et rentraient trempés, invincibles et hilares.
Dans sa main d'enfant, sa mère déposait quelques graines minuscules. Il les enfonçait, à peine, dans la terre. Puis il fallait arroser chaque soir, même si on avait bien envie de croire qu'un peu de pluie suffirait, même si on avait mieux à faire.

Gabriel scrutait la terre dont il prenait tant soin, il n'y avait rien ; et puis tout à coup, c'était là : une tige soulevait sa petite tête feuillue, coiffée de la graine ressurgie, triomphante et farceuse. Alors viendraient les tournesols au cœur sombre, obsédés de grandeur, de soleil et d'été.

Il y eut des pirouettes, des galipettes, des cabrioles à perdre haleine. Gabriel tournait au rythme de la Terre, devenait les feuillages, les fourmis, les nuages. Allongé au sommet d'une pente herbeuse, l'enfant sentait les battements de son cœur, le poids de son corps, la profondeur du ciel. Quand tout battait à l'unisson, quand il était herbes folles et vertige, il s'élançait. Il dévalait la pente, de plus en plus vite, et s'arrêtait dans un rire essoufflé, grisé par la force du monde.

Mais cette terre tant aimée voilà qu'on la creuse en un rectangle raide, il a quinze ans et on enterre sa mère. Respirer l'accablait, plus de ciel, plus de souffle, dans ses veines plus de sang, de la cendre et du sable. Le présent était infranchissable.

Le temps passa pourtant, les lilas embaumaient, les étoiles étincelaient, les roses fleurissaient, puis Noël revenait, et une nouvelle année.

Gabriel suivit des études qui le menèrent à un emploi dans la grande distribution.

L'hypermarché dominait une zone commerciale, un labyrinthe de hangars reliés par des rues lisses au nom de peintres. Il travaillait là, insignifiant, à peine utile.

Chaque matin, il débouchait sur le parking encore désert, laissant là sa voiture patiente et solitaire. Puis le flot montait, portières claquées, coffres remplis, on redémarrait, le flot incessant, la vague de chaque soir, la marée du samedi. Toutes les routes alors menaient à Renoir, à Monet, à Van Gogh. Tous les peintres menaient au grand rond-point de la Libération, et le rond-point n'avait plus qu'une issue, celle qui débouchait sur le parking immense.

Œufs, lait, poulet, gel douche, cacahuètes, steaks hachés, papier toilette, lessive, gnocchis, macaronis, coquillettes, nouilles, riz gluant, des salades, des patates et des pommes, des poires et les yaourts, les céréales, les cartouches pour l'imprimante, l'eau minérale, des serviettes en papier, un ouvre-boîte et un éplucheur-légumes, de la compote, des lingettes pour les lunettes, la cohue des caddies, le piétinement harassé, impatient, les bras qui se tendaient, une foule de poulpes aveugles qui amassaient, s'ignoraient, s'agaçaient de se frôler ; et parfois se reconnaissaient, exclamations ravies, embrassades ; « tiens, qu'est-ce que tu fais là ? », coup d'œil furtif au caddie de l'ami, on se donnait des nouvelles, de Monique, toujours la même, des enfants, qui avaient déjà leur âge, on s'exclamait, on s'étonnait du temps qui passe, et d'ailleurs « le grand-père lui ne va pas très bien », et tout cela formait un petit îlot de cordialité bruyante qu'il fallait contourner, soupirs, pardons excédés, c'est qu'on n'avait pas que ça à faire.

Car il était interminable le temps passé dans ces allées. Interminable la ligne des caisses, interminables, les files qui s'étendaient à ces frontières bondées, malgré la cadence des coudes et des épaules, malgré l'efficacité machinale des tapis qui roulent et des lasers qui scannent

Ils étaient interminables, les jours de Gabriel, qui poussait des diables, alignait des conserves, vidait des cartons, soulevait des palettes.

Les réserves étaient toujours pleines.

Sur les routes, des camions lourds de fumée et d'aplomb allaient, venaient, dévoraient les campagnes.

Dans les ports, ces monstres rapetissaient, jouets d'enfants alignés à l'écart des portiques qui découpaient le ciel, des porte-conteneurs qui figeaient l'océan.

Il fallait creuser les rivages, élargir les isthmes, briser les glaces polaires.

Gabriel disposait dans d'immenses bacs des lots de chaussettes blanches, spongieuses et douces. C'était de sacrées bonnes affaires, les Chinois bien sûr, encore les Chinois. Là-bas, disait-on, ils travaillent sans cesse. Ils fabriquent, ils polluent, ils vendent. Tout le pays est une usine, grouillante et fumante, qui noircit le ciel, réchauffe le soleil, prostitue l'immensité. Le Fleuve bleu quittait la pureté des sommets pour offrir à la Chine sa puissance soumise. Il était hérissé de fabriques, barré de béton, alourdi de cargos, charriant jusqu'à Shanghai sa crasse et sa camelote.

Cette camelote inépuisable, il fallait la faire tenir dans des rayons, dans des caddies, dans des budgets, dans des désirs sans cesse renouvelés.

Le monde produisait, Gabriel rangeait, la vie passait.

Le soir il reprenait sa voiture, quittait le parking, s'engageait dans le rond-point, en sortait, s'engouffrait dans les allées, Van Gogh, Monet, Renoir, longeait des lambeaux de campagne mité, accrochés à la trame grise des rocades ; les vaches indifférentes, les talus nus, un paysage sans arbre, sans clocher, sans surprise ; un paysage morcelé, enclave des champs, betterave, colza et tournesol, obscénité pimpante des pubs géantes, feux rouges puis verts, domptant vaille que vaille les cohortes vrombissantes, fast-food fardés de néons ; un paysage qu'il traversait comme sa vie dans un va-et-vient de pendule.

Parfois Gabriel tombait amoureux, un avenir se dessinait, il y avait des coquelicots écarlates dans la blondeur des blés, le ciel était bleu et la nuit douce dans la splendeur des clairs de lune. Mais toujours on le quittait. Il l'acceptait.
Puis il rencontra Amandine. Elle était mariée à un collègue qu'il aimait bien, un homme tonitruant qui plaisantait de tout. Elle ne pouvait rien promettre. Il n'y avait que des instants, précieux, illuminés par ses sourires radieux, ses seins blancs, sa gentillesse délicate et la tendresse de ses baisers.
Gaétan, son mari, finit par se douter de quelque chose. Elle eut peur de sa colère, de sa douleur, d'une vie gâchée. Il valait sans doute mieux, n'est-ce pas ?
Gabriel dépassa les trente ans. Dans l'Himalaya, les glaciers fondaient, le Yangzi ployait sous le poids des barges et des déchets, les chaussettes traversaient les mers, il les empilait dans des bacs, elles étaient vendues, soldées, données, détruites. Rien ne changeait.
De nombreuses voix s'élevaient, s'alarmaient, démontraient, dénonçaient. Des peurs et des colères commençaient à gronder. Les hommes de bonne volonté, et qui ne le serait pas

pour protéger le monde, se demandaient que faire. Faire sa part, voilà, il fallait faire sa part.

Gabriel décida d'adopter un chien. Le refuge qu'on lui conseilla était tenu par un groupe de femmes qui usaient leur temps et leur optimisme à recueillir des bêtes que d'autres abandonnaient.
Dans des cages empilées, d'irrésistibles chatons faisaient des tours pour épater les visiteurs. Du chenil montaient des aboiements qui ne s'arrêtaient pas. Des chiens hurlaient, le poil miteux, l'œil désespéré, les babines hostiles.
On fit remarquer à Gabriel qu'un chien serait malheureux dans son petit appartement. Ils avaient bien droit à un jardin, ne croyez-vous pas ? Il le croyait bien sûr, il s'étonnait de ne pas y avoir pensé. Oui, ils avaient bien droit à un jardin.
Il faudrait s'évader.
Gabriel conçut une folie qui lui semblait de plus en plus nécessaire : il allait tout plaquer, le boulot, l'appart, la bagnole, cette vie étroite, le petit balcon, trop de café, les clients pénibles, les rayons, les néons, les collègues, Gaétan, Amandine, les chefs, les petits, et tous ceux au-dessus. Fini de tourner en rond, il irait de l'avant, il allait partir, qu'est-ce qui l'en empêchait ? Personne de toute façon, personne, puisqu'il était seul. Il n'avait même pas droit à un chien. Il partirait, c'est ça, il s'en irait. Droit devant. Il deviendrait une sorte de SDF, mais volontaire, un chemineau, un vieil indien, un vagabond. Ça lui plaisait bien ce mot, vagabond. Ça évoquait la mer, le mouvement, la vie. Il serait un vagabond, d'ailleurs, est-ce qu'un vagabond n'a pas toujours un chien ? Parce que

pour le coup, c'était réglé, le problème du jardin ! C'est le monde entier qu'il pourrait lui offrir, à son chien ! Il suffisait d'oser. Un pas devant l'autre, et les chemins s'ouvraient.
Il hésitait encore, il était ballotté au creux de ses nuits blanches, entre ces deux angoisses, celle de tout perdre, et celle de ne rien vivre.

Il sortait chaque dimanche, multipliant les promenades dans la campagne proche.
Les vaches ruminaient, les ânes broutaient, leurs sabots bien plantés dans l'herbe drue, la tête ployée, l'œil humide d'apparente soumission, subissant les nuées noires des mouches avec une résignation frémissante. Mais tout leur corps tremblait du désir de ruer, et un orgueil têtu dilatait leurs naseaux. Gabriel aimait les caresser. Qu'ils étaient chauds, larges, et si doux ! Un ânon gris, trapu, regardait Gabriel de ses yeux humides, des yeux de velours noir qu'illuminait une tendresse déchirante.
Alors Gabriel demanda s'il pouvait l'acheter, marchanda, triompha et, un jour, vint chercher Augustin, et tant pis pour le chien. De toutes façons il était mieux qu'un chien, cet âne, un bon compagnon affectueux et malin et en plus, ça lui faisait comme un petit cheval, pour la route. Avec Augustin, ça devenait possible.
Alors il laissa là sa vie, et ils partirent tous deux, l'homme et l'âne, au long des sentiers inconnus. Ils cherchaient on ne sait quoi, achetant du pain et des fruits dans les villages, dormant dans les fossés. Gabriel se réveillait souvent, sursautant de peur, sous l'immensité indifférente du ciel. Mais le petit âne

était là, debout sur ses jambes grêles, heureux de trottiner et de croquer les fleurs. Il s'accroupissait près de l'homme qui s'endormait dans sa chaleur. Les chemins se suivaient, et Gabriel adopta le pas tranquille d'Augustin.
Et un matin, c'était un matin de juillet, ils furent chez eux.

Le ciel était dévoré de bleu vif, la chaleur crépitait dans le soleil vainqueur, le vent se ruait vers la mer devinée. Une source minuscule miroitait dans l'implacable été. Elle coulait, limpide et obstinée entre les pierres fraîches. Elle avait fécondé l'aridité : dans cette terre à l'abandon poussaient des vignes, des lauriers-roses, des oliviers et de grands pins. Et sous ces arbres oubliés la chaleur devenait splendeur, une lumière où voltigeait le vert ensoleillé des feuillages traversés, tressée d'ombres tremblantes et d'éclats aveuglants.
Ce paradis était une friche oubliée des ronds-points, des pavillons, des cités.
Gabriel et Augustin décidèrent de vivre là, à la lisière des rivages scintillants et des routes asphyxiées.

Gabriel acheta des outils ; il cultiverait ce lopin, il cueillerait, il chasserait s'il le fallait. Il voulait lutter pour éprouver ses forces, consentir à sa vie, la désirer, la créer. Il voulait sentir la puissance du monde devenir la sienne : la chaleur, la pluie, les racines, la sève, coulant en lui comme un sang neuf. Il voulait vivre au cœur du miracle.
Il fabriqua une cabane, une étable, glanant les rebuts aux abords de son terrain vague. Les fourrés étaient des dépotoirs. Une carcasse de voiture suffoquait sous la rouille et les ronces.

Un vieil abri de jardin pourrissait, assombri de mousse et de cloportes. Les broussailles hérissées, les orties velues, les mûriers entortillés recouvraient les déchets de plastique et de fer blanc, des vieux jouets, des casseroles tordues, des godasses, des bidons vides et gras, des canettes, toute la quincaillerie quotidienne des hommes qui venaient vomir là l'abondance obscène de leur vie.

Gabriel se débrouilla, Augustin était charmant, ils ne demandaient rien, on les laissa tranquilles.
Du moins les premiers temps.
Quand on pensait qu'il n'était qu'un pauvre gars.
Quand on pensait qu'il était de passage, fuyant on ne sait quoi qui le rattraperait ou qui finirait bien par s'arranger.
Quand on pensait qu'il ne tiendrait pas, du moins pas si longtemps.
Mais ils restaient, l'âne et l'homme, survivants.
On voulut comprendre.
On voulut briser cette solitude, qui ne pouvait être bonne pour personne. Alors de plus en plus souvent on fit un détour pour rencontrer Gabriel et Augustin.
Augustin aimait ces visites. Il exagérait la profondeur veloutée de son œil malicieux et faisait des rodéos de joie. On le filmait, on faisait des selfies. Il baissait à peine la tête, qu'il posait avec confiance au creux des épaules inconnues. On demandait à Gabriel s'il était heureux, vraiment heureux. Il ne savait que répondre, montrait son âne, la source, le ciel, les oliviers fidèles. On hochait la tête, gravement, oui, on comprenait, on le comprenait. Ah c'est lui bien sûr qui avait raison, c'est lui

qui était dans le vrai. Augustin était « liké » sur les réseaux sociaux, les touristes commençaient à lui rendre visite. Il caracolait, et Gabriel dévoilait son monde, quelques pieds de tomates, les courgettes vernies cachées sous leurs larges feuilles étalées, sa cabane de bric et de broc, les tournesols immenses auxquels se mesuraient les enfants.
Quelques journalistes firent aussi le détour. Ils titraient « le rêve de l'âge d'or », célébraient l'héroïsme de son renoncement, évoquaient Robinson, Vendredi, Thoreau, les ermites médiévaux et les forêts perdues. Augustin gambadait, et devenait célèbre.

Une grande firme de jouets le choisit comme modèle. Dans les usines lointaines des ouvrières aux mains fines donnaient à l'acrylique la douceur grise de son flanc, emprisonnaient dans des ronds de plastique la bonté espiègle de son regard tendre. Des millions d'Augustin naissaient sur les tapis des chaînes de production, s'empilaient dans les cartons, s'accumulaient dans les conteneurs. Les têtes de gondoles et les publicités firent de lui la star de Noël. Et des milliers d'enfants, terrifiés par la nuit et par leur petitesse, serraient contre leur cœur, pour tenter de dormir, le petit âne complice, la peluche Augustin.

Le père Lebigre
Michel Pontoire

Ce bougre de père Lebigre avait la réputation de guérir toutes sortes de maux. Il est probable qu'il ne savait même pas tout ce qu'il pouvait guérir. Il n'avait pas la confiance immodérée des toucheux des villes se targuant de résultats mirobolants rétribués au centuple de leurs mérites. Ses moustaches blanches, roussies par les mégots consumés jusqu'à la brûlure des lèvres, tremblotaient pour ronchonner : « *ça ne fera peut-être pas de bien mais ça ne fera pas de mal non plus* ». Il n'aimait pas trop intervenir sur les humains. Il disait souvent qu'il comprenait mieux les bêtes que les hommes : « *Au moins, elles, elles ne savent point mentir* ».

Octogénaire bon pied, bon œil, il vivait seul depuis que sa Désirée s'en était allée, emportée par une saleté de congestion pulmonaire. Il avait épuisé tout le répertoire des conjurations connues. Il avait prononcé toutes les incantations qu'il jugeait opportunes. Il avait fait appel à tout ce que sa mémoire pouvait contenir de suppliques magiques sans se poser de questions sur leur adéquation à la situation. Sans résultat.

En désespoir de cause, il s'était résolu à faire appel au médecin de Montreuil. Les saignées pratiquées, tout abondantes qu'elles fussent ne résorbèrent point l'œdème qui triompha. Lorsque le praticien eut signé le certificat de décès, le malheureux, tout mécréant qu'il fût, était allé quérir le père

Litou, curé du village « pour des fois que… », comme il avait dit, sans pouvoir ni savoir terminer sa phrase. Comme il le redoutait, l'onction d'huile sainte fut sans effet et la crédibilité qu'il accordait à l'église et à ses apôtres s'en trouva encore amoindrie.

Tout étonnant que cela fût, par son attitude au cours de la cérémonie qui suivit, le père Lebigre allait introduire une certaine circonspection dans les esprits des dévots.

Le jour de la sépulture, la totalité de la population du bourg, des hameaux et de bien plus loin encore, bien ou mal-pensante, était agglutinée dans la nef.

Alors que le prêtre saupoudrait, avec parcimonie et maladresse, un peu d'encens dans l'encensoir, une fausse manœuvre fit qu'un des charbons incandescents bascula sur sa main. La douleur lui fit promptement recouvrer l'humaine condition dont sa clinquante vêture liturgique semblait vouloir l'exonérer. Dire qu'il dansa serait faire offense aux disciples de Terpsichore, mais ses embardées convulsives n'étaient pas sans évoquer la danse de Saint Guy.

Malgré la profonde affliction qui figeait le père Lebigre dans une méditation abyssale, celui-ci s'avança, s'empara de la main souffreteuse. Ce qu'il murmura fut peut-être entendu par le Père Litou mais ce cachottier n'en rapporta jamais rien. La nombreuse assistance pétrifiée vit nettement le père Lebigre souffler à plusieurs reprises sur la brûlure avant de l'effleurer du pouce en gestes doux pendant une grande minute. À voir l'expression apaisée du prêtre, visiblement requinqué, chacun comprit qu'un miracle venait d'avoir lieu, accompli par celui qui n'entrait à l'église que les jours d'enterrements. Le coupeur de feu regagna sa place, au plus près de sa Désirée encoffrée dans sa bière pour l'éternité. En passant, il laissa traîner une main caressante sur le couvercle du cercueil qui séparait à tout jamais les deux époux.

Le dernier chant d'Alaric Dael
Jacques Dujardin

Dans la pénombre tamisée de son laboratoire, Alaric Dael trouvait un refuge silencieux. Les faibles lueurs des écrans projetaient des ombres mouvantes sur les parois métalliques, tandis qu'une légère odeur d'ozone et de plantes exotiques flottait dans l'air recyclé. Le murmure constant des machines se mêlait au chuchotement distant de circuits invisibles, créant une symphonie technologique apaisante. Sa silhouette élancée se fondait dans ce décor, son dos légèrement voûté trahissant les innombrables heures passées penché sur ses créations. Ses mains, malgré le poids des années, conservaient une précision presque surnaturelle, marquées par les fines cicatrices d'une vie dédiée à façonner le vivant. Des mèches argentées retombaient sur son visage marqué, où chaque ride racontait une histoire de passion, de défi et de résilience. Ses yeux, jadis étincelants d'un bleu profond, avaient pâli avec le temps, reflétant une fatigue infinie. Pourtant, au fond de son regard, une lueur persistait, comme la réminiscence d'une étoile éteinte dont la lumière voyage encore.

Alaric se tenait devant une table d'acier, où des hologrammes colorés virevoltaient comme des lucioles dans l'air dense du laboratoire. Les parfums subtils des plantes génétiquement modifiées flottaient autour de lui, contrastant avec l'odeur froide des machines. Dans ce sanctuaire isolé, il insufflait la vie dans un monde dépourvu d'émotions, façonnant des êtres hybrides qui incarnaient le rêve qu'il partageait avec Iris : apporter chaleur et vitalité là où régnait la stérilité.

Alaric ajustait avec une délicatesse infinie les dernières pièces d'un Terraplate. Sous ses doigts experts prenait forme une tortue hybride, mi-biologique, mi-mécanique, dont les plaques métalliques argentées captaient la lumière tamisée des néons, renvoyant des reflets irisés. Le silence du laboratoire était ponctué par le doux murmure de ses outils, un chant discret célébrant la naissance d'une nouvelle vie. À chaque mouvement, il sentait le poids des années alourdir ses articulations, mais cela n'entamait en rien la vivacité de son esprit, entièrement absorbé par la magie de la création. Il avait donné vie à tant de créatures, sans jamais chercher à compter. Alaric avait accompli ce que nul autre n'avait osé imaginer : permettre à ces êtres de se reproduire naturellement, assurant ainsi la continuité d'une espèce au sein de l'écosystème artificiel d'Aeternum Solis. Sans en mesurer pleinement la portée, il insufflait la vie, mû par une inspiration profonde qui le dépassait, fidèle à un rêve ancien gravé au plus profond de lui.

Pourquoi avait-il créé ces créatures ? La question le hantait depuis des années, et chaque fois, la réponse le ramenait inévitablement à Iris. C'était sous le dôme stérile, baigné d'une lumière artificielle blafarde, qu'ils avaient partagé leurs rêves. Là où aucun oiseau ne chantait, où aucune feuille ne frémissait sous la brise absente, Iris avait évoqué pour la première fois l'idée de recréer les animaux disparus. Donner à cette nouvelle génération l'opportunité de connaître la diversité et la beauté de la faune terrestre, telle était leur ambition audacieuse. Les rares animaux qu'ils avaient réussi à introduire au début de l'expansion avaient rapidement succombé, victimes des maladies génétiques provoquées par une consanguinité inévitable. L'effondrement de ces populations avait poussé les autorités à interdire toute nouvelle introduction d'espèces, par crainte de bouleverser l'équilibre fragile du dôme.

Le chant infini de l'existence qu'il avait enfanté avec Iris faisait ondoyer dans ses pensées le souvenir cristallin de son idée révolutionnaire. Ils étaient assis sur un banc de métal froid, dans l'un des rares parcs du dôme, un espace austère où de maigres brins d'herbe artificielle tentaient de simuler la nature. Autour d'eux, le silence était à peine troublé par le bourdonnement lointain des systèmes de ventilation. Iris avait tourné son visage vers lui, ses yeux gris scintillant d'une lueur presque surnaturelle. « Alaric, je refuse de croire que nous ne pouvons pas leur donner une seconde chance, » avait-elle dit, sa voix douce résonnant comme une mélodie dans le vide ambiant. « Imagine un monde où les enfants pourraient entendre le chant des oiseaux, sentir le parfum des fleurs que nos ancêtres ont connues. Nous pouvons créer des êtres qui ne seront pas soumis aux mêmes faiblesses, des créatures qui pourront s'épanouir ici, avec nous. »

Ses paroles, empreintes d'espoir, avaient éveillé en lui une émotion profonde, un mélange d'admiration et d'appréhension. Il avait senti une chaleur se répandre dans sa poitrine, consciente de la hardiesse de leur rêve dans ce monde aseptisé.

Cette idée était rapidement devenue leur obsession commune. Pendant des années, ils avaient travaillé sans relâche, leurs efforts se mêlant dans une harmonie parfaite. Les nuits se succédaient sans qu'ils ne sentent la fatigue, portés par l'enthousiasme de leurs découvertes. Le laboratoire était devenu leur sanctuaire, un lieu où le tintement des fioles et le cliquetis des claviers remplaçaient les cantiques absentes des oiseaux. Ensemble, ils avaient surmonté des obstacles techniques et éthiques, défiant les lois naturelles et les interdits imposés. Chaque créature qu'ils parvenaient à créer était une victoire sur la stérilité imposée du dôme, une note d'espoir dans un concerto muet. Le Terraplate était l'une de leurs réalisations les plus abouties, une merveille d'ingénierie et de biologie fusionnées. Pourtant, pour Alaric, chaque succès résonnait comme un écho douloureux de l'absence d'Iris. Sans elle à ses côtés, la joie de la création était teintée d'une mélancolie profonde, un rappel constant du vide qu'elle avait laissé dans son cœur.

Alaric avait toujours trouvé du réconfort dans cet hymne mécanique, rappel discret que la vie, sous une forme ou une autre, persistait grâce à ses efforts. Mais ce soir, le ronronnement familier lui paraissait plus terne qu'à l'ordinaire. Soudain, un son nouveau perça l'air épais du laboratoire : la première vocalise du Terraplate. Une mélodie douce et envoûtante, semblable au tintement cristallin d'une cloche lointaine ou au chant mystique d'une créature marine oubliée. Ce chant naissant emplit l'espace, résonnant contre les parois métalliques, et pendant un bref instant, Alaric sentit une chaleur réconfortante envelopper son cœur. Pourtant, même cet accord nouveau ne parvenait pas à apaiser entièrement son esprit tourmenté.

Un léger frisson parcourut l'échine d'Alaric au moment où un doux ronronnement effleura le silence. Silaris, son tout premier miracle, s'avançait à pas mesurés. Le chat, dont le pelage sombre était subtilement paré de touches luminescentes, évoquait une nostalgie douce. Une lueur tendre, presque maternelle, s'échappait de ce pelage fébrile, enveloppant Alaric d'une chaleur intime, une caresse familière du passé. En le prenant dans ses bras, le vénérable savant ressentit le fragile écho d'une vie passée, même si, déjà, Silaris semblait s'effacer comme une mélodie au crépuscule.

« Pourquoi tout ce que j'aime finit-il toujours par s'éteindre ? » La question, comme un refrain intime et blessé, effleura son esprit. Iris, Silaris, et même ces créatures qu'il avait pourtant façonnées pour traverser le temps semblaient glisser hors de sa portée. Avec une tendresse infinie, il laissa sa main parcourir une dernière fois le pelage constellé de Silaris, tentant de retenir, dans ce mince intervalle, une étincelle de l'espoir qui jadis éclairait leurs jours. Et tandis que le souffle de la vie désertait peu à peu ce corps fragile, Alaric crut percevoir, au-delà de cette lente disparition, l'écho lointain d'une clarté qui continuait, ailleurs, à scintiller sans faillir.

Il se revoyait, bien des années plus tôt, dans ce même laboratoire, travaillant jour et nuit avec sa bien-aimée pour perfectionner les premiers prototypes de ce qui allait devenir les créatures d'Aeternum Solis. Leur ambition était immense : recréer la diversité du vivant, mais avec les bénéfices de la technologie, éliminer les faiblesses, sublimer les forces. Ils avaient œuvré dans une alchimie rare, chaque pensée de l'un se mêlant à l'autre, s'épanouissant dans une danse d'idées où chaque pas résonnait de la complicité de leurs âmes. « Nous allons donner naissance à un nouveau monde, Alaric, » avait-elle dit, et il l'avait crue, chaque mot libéré de ses lèvres était une promesse fragile et lumineuse, un fil d'espérance qu'il s'était juré de ne jamais briser, même au-delà du dernier souffle.

La vie s'éteignit en Silaris dans un dernier soupir, comme si l'univers entier avait suspendu son souffle. Alaric déposa le chat sur la table, fermant délicatement ses paupières évanescentes, tel un secret murmuré au silence. Le laboratoire, figé dans une clarté diffuse, prenait l'allure d'un sanctuaire intime, où les créatures immobiles se dressaient en témoins muets de ce départ. Une tristesse infinie serrait le cœur d'Alaric, mais, dans l'air immobile, il devinait déjà la rumeur légère du monde hors du temps, là où Silaris l'attendait.

Alaric, qui entrait dans sa cent quarante-cinquième année, se redressa avec lenteur, chaque geste alourdi par le temps. Sans un mot, il se tourna vers une petite boîte en métal, endormie dans la poussière d'une étagère oubliée.

À l'intérieur, Navi, un chiot à la fourrure argentée, le regardait avec de grands yeux expressifs. Ce chiot, si différent des autres créatures qu'il avait conçues, représentait tout ce qui lui restait de tendresse, de chaleur. Navi n'était pas destiné à se reproduire, il était unique, un dernier cadeau pour Quinn Harrow, le fils de ses amis Lara et Marcus. Alaric savait qu'il n'avait plus rien à offrir à ce monde, à part ce dernier geste d'amour et de protection.

Il déposa Navi sur le sol, et le chiot se mit à explorer timidement son environnement, sa petite queue remuant doucement. Alaric s'agenouilla avec difficulté, sentant la froideur du sol contre ses genoux usés, et caressa la tête du chiot. « Prends soin de Quinn, mon petit, » murmura-t-il d'une voix brisée, la gorge serrée par l'émotion. « Prends soin de ce monde qui me semble si lointain, si étranger maintenant. »

Les lumières vacillèrent tandis qu'Alaric sentait ses forces s'éteindre. Il s'allongea lentement sur le sol, le chiot blotti contre lui, apportant une chaleur réconfortante.

Il ferma les yeux, sentant les battements de son cœur ralentir, se synchroniser avec le bourdonnement des machines autour de lui. Le laboratoire se mit à vibrer doucement, comme si tout cet espace, toute cette technologie, partageaient son dernier moment, dans un ballet silencieux de lumières et de sons. Les machines qui avaient été témoins de ses innombrables créations semblaient elles aussi rendre hommage à leur créateur, émettant une série de bips harmonieux, presque comme une berceuse électronique.

Alors que la pénombre enveloppait peu à peu la pièce, un parfum de fleurs, celui qu'Iris aimait tant, s'éleva dans l'air avec la délicatesse d'une note cristalline. Comme une couleur qui se met à chanter, ce souffle floral caressa ses sens, infusant la froideur ambiante d'une chaleur éphémère. Alaric savait que tout n'était qu'illusion, un ultime réconfort offert par son esprit pour apaiser la douleur. Et pourtant, ce parfum esquissait en lui des bribes de souvenirs : leurs premiers regards timides, leurs sourires complices et ces longues discussions où ils rêvaient d'un avenir qu'ils bâtiraient ensemble, un rêve suspendu au-delà du temps.

Alaric, le maître créateur, sentit ses dernières forces l'abandonner. Dans un dernier élan de conscience, il serra Navi contre lui, cherchant le réconfort dans la chaleur de cette petite vie qu'il laissait derrière lui. « Prends soin de Quinn... prends soin de ce monde... » murmura-t-il à nouveau dans ses pensées, sachant que Navi serait le dernier témoin de son amour, le dernier cadeau qu'il pouvait offrir.

Dans un souffle discret, il prononça son nom, « Je t'ai perdu, Iris. Mais peut-être que dans cet au-delà que tu m'as souvent décrit, nous pourrons nous retrouver, et créer à nouveau ensemble, loin de cette douleur qui m'étreint depuis tant d'années. »

La lumière s'éteignit lentement, et Alaric Dael, l'homme qui avait tant donné à Aeternum Solis, l'homme qui avait recréé la vie dans un monde stérile, s'éteignit avec elle. Ses dernières pensées furent pour Iris, pour leur rêve inachevé, pour cette vie qu'ils avaient bâtie ensemble et qui, malgré tout, avait toujours manqué de la seule chose qui comptait vraiment : l'amour.

Le laboratoire s'enfonçait dans la pénombre, à peine troublé par la berceuse électrique des machines veillant sur leur créateur disparu. Navi, recroquevillé contre le corps inerte d'Alaric, poussa un léger gémissement, comme si son petit cœur venait de se briser. Pourtant, même dans cette obscurité, une lueur d'espérance persistait : quelque part, dans l'immensité de ce monde que lui et Iris avaient bâti, leurs créatures continuaient de vivre, de se multiplier, de faire résonner l'héritage de leurs deux âmes unies. Car en chacune d'elles subsistait une résonance de cet amour et de ce génie, un fragment d'éternité qui, malgré l'absence, ne cesserait jamais de briller.

Dans un recoin baigné de clarté diffuse, un enfant de trois ans, Quinn Harrow, accueillait sans comprendre la portée du présent qu'on venait de lui confier. Navi, ce chiot à l'apparence simple et pourtant si extraordinaire, lui léchait la main, ignorant qu'il était le dernier écho d'un homme dont l'amour débordait les frontières du temps. En grandissant, Quinn découvrirait peu à peu l'histoire d'Alaric et d'Iris, et saisirait enfin la profondeur de ce cadeau. Il comprendrait alors que Navi était bien plus qu'une simple création : un fil incandescent reliant le passé à l'avenir, prouvant que, même dans un univers façonné par la technologie, l'amour reste le seul trésor qui donne un sens à la vie.

Et peut-être qu'un jour, alors qu'il flânerait dans les jardins baignés de lumière d'Aeternum Solis, Quinn apercevrait la lignée des Terraplates, ces tortues majestueuses qui, à l'image de leurs créateurs, ont su renaître de l'oubli. Car, même au cœur du silence et de la poussière, la vie poursuit son chant, et dans son sillage demeure l'empreinte indélébile de ceux qui ont osé rêver.

Tous pour un
Corinne Rigaud

Chapitre 1

Louis ouvrit et referma doucement la porte derrière lui. Oh, il savait ce qu'on allait encore penser de lui. On : ses parents.
Ce gamin, toujours dans les mauvais coups. Tête brûlée. Pas seulement pour les bonbons. Louis a dix ans. Mais il a compris très vite qu'il avait le droit de penser, d'avoir des idées différentes de celles de ses parents. Il ne s'en est pas rendu compte à la maison mais à l'école. Le jour où il a osé dire qu'il n'était pas d'accord avec ses camarades, restera gravé en lui. Son maître ne l'avait pas puni mais félicité ! Si Louis doit retenir un jour de sa vie d'écolier, cela sera incontestablement celui-là. Il avait bien essayé d'expliquer ce moment particulier à ses parents, au bistrot, mais ceux-ci avaient juste hoché la tête, sans plus. Si Louis était une tête brûlée, ses parents étaient très prévisibles. La mère cuisinait et faisait le ménage, son père fumait, buvait et passait des raclées. À ses copains de bistrot. À sa femme. À son fils. Marcel, qui se tenait près d'eux, ne s'était pas contenté de hocher la tête. Le pilier du bistrot avait applaudi. À la grande surprise des parents de Louis qui ne pouvaient pas concevoir qu'un gamin de dix ans puisse intéresser les autres.

Chapitre 2

Marcel ouvrit et referma doucement la porte derrière lui. Oh, il savait ce qu'on allait encore penser de lui. On : sa femme. Ce poivrot, toujours dans les mauvais coups. Un beurré comme un petit Lu. Pas seulement pour les gâteaux. Marcel a soixante-quatre ans. Il n'a pas compris depuis très longtemps qu'il avait le droit de penser, d'avoir des idées différentes de celles de sa femme. Il ne s'en est pas rendu compte à la maison mais au bistrot.
Le jour où il a osé ne pas rentrer tout de suite à la maison après le boulot, le jour où il est resté au bistrot. Le maître des lieux ne l'avait pas sermonné mais félicité ! Marcel n'est pas un pilier de bistrot depuis toujours mais seulement depuis quatre ans.
S'il doit retenir un jour dans sa vie d'homme, cela sera sa première cuite, ici. Il avait bien essayé d'expliquer ce moment particulier à sa femme, mais celle-ci avait juste hoché la tête en maugréant : « Il était déjà pas bien fin, le voilà maintenant poivrot. »
Si Marcel était devenu un beurré comme un petit Lu, sa femme ne changeait guère. Elle ne faisait ni le ménage ni la cuisine. Elle collectionnait les hommes, elle ne comptait plus, ni les doubles, ni les triples à son actif.
Le voisin de droite. Le voisin de gauche. Sa plus belle prise remontait à l'ancien curé. Elle avait même essayé dernièrement avec David mais, à sa grande surprise, elle avait échoué.

Chapitre 3

David ouvrit et referma doucement la porte derrière lui. Oh, il savait ce qu'on allait encore penser de lui. On : sa grand-mère. Ce simplet, toujours dans les mauvais coups. Un pain perdu. Pas seulement pour les pâtisseries. David a vingt-six ans. Nul ne sait s'il a compris qu'il avait le droit de penser, d'avoir des idées différentes de celles de sa grand-mère. Il était allé à l'école, il va maintenant au bistrot. Entre les deux, il végète à la maison. Toujours est-il que Mimi, le patron du bistrot, lui a donné sa chance. Alors qu'il semblait ne pas encore l'avoir trouvée, ni à l'école ni chez sa grand-mère. Voici deux ans que Mimi lui a demandé de l'aider au bistrot. Au début pour servir les boissons, et voici que maintenant il aide en cuisine. Si David doit retenir un jour dans sa vie, cela sera la première blanquette de veau qu'il a aidé à préparer et à servir aux clients médusés. Ce jour-là reste gravé en lui car le regard des autres sur lui a changé. Depuis ce jour, on lui sourit. Mieux, on lui parle. Pas seulement pour le saluer ou pour le chahuter. On essaye même de lui faire dévoiler le nom des aliments secrets des fameuses recettes de Mimi. On : pas sa grand-mère. Si David devenait populaire, la grand-mère restait autoritaire. Donner des ordres comme si elle était à la tête d'une cohorte romaine. Pour elle, David était stupide et le mieux qu'il avait à faire était de la fermer et de lui obéir. La mère de David, sa fille Jeanne, avait préféré déserter plutôt que vivre cette vie. Et elle avait offert David, alors bébé, à sa mère comme on donnait autrefois des bêtes en sacrifice aux dieux. Jeanne avait donné un bête aux vieux. Jeanne était partie un beau matin et n'avait plus jamais donné de ses nouvelles. Nul ne savait ce que pouvait ressentir David. La grand-mère n'avait jamais évoqué Jeanne devant David.

Chapitre 4

Ce soir, Louis, Marcel et David ont rendez-vous. Ce n'est pas un rendez-vous bonbon. Ce n'est pas un rendez-vous boisson. Ce n'est pas un rendez-vous bêtifiant. C'est un rendez-vous de héros. Le style de rendez-vous qui doit rester plus secret encore qu'un rendez-vous amoureux. Un rendez-vous de résistants. Nous sommes le 3 juin 1944. Et dans ce petit village de Creuse, les allemands sont arrivés depuis quelques semaines. Le bistrot de Mimi est vite devenu le lieu où se rejoignent discrètement les courageux pour affronter et défier les allemands.

Mimi le rassembleur autour de boissons devient Mimi le rassembleur face à la poisse. Mimi la bienveillance même, mais capable de se transcender face à l'ennemi.

Mimi a tué hier un allemand qui venait de massacrer devant ses yeux une famille entière. Mimi a étranglé le bourreau. Les mains, qui d'habitude se tendaient pour servir ou aider, ont enserré le cou de l'immonde personnage. Mimi s'est fait rattraper et a été emmené par les autres allemands. Il va être exécuté demain à l'aube. Mais David sait où les allemands ont caché Mimi. Quel allemand ferait attention au simplet du village ? Le jeune homme les a suivis sans se faire repérer dans le bois près de l'étang. Les allemands ont jeté Mimi dans une cabane en bordure de l'eau. Quant à Louis, il a réussi, au bistrot, à subtiliser le trousseau de clés de la cabane aux allemands, pendant que Marcel se dévouait pour les faire boire. Ce trio improbable va donc réussir à délivrer Mimi et l'histoire ne s'arrête pas ici.

Nous sommes en 2024. Le bistrot de Mimi est devenu un grand complexe hôtelier au cœur de la Creuse dans ce petit village. En 1944, sans pouvoir le soupçonner, ce trio allait donner une âme unique à ce lieu pour les décennies à venir. Une âme intergénérationnelle. Un trio improbable, un complexe improbable. Le bistrot est ainsi devenu un hôtel restaurant de luxe avec spa. Où les anciens du village accueillent dans le potager les écoliers et leur transmettent des secrets jalousement gardés en d'autres temps. Les produits du potager font des miracles dans les assiettes des clients du complexe. Ce n'est pas tout : en cuisine, on trouve une antenne spéciale d'insertion de personnes en légère déficience mentale. La cuisine de cet endroit est saluée dans tous les guides touristiques. Le lieu affiche régulièrement complet. Et logiquement, ce complexe très chic porte sans que cela puisse choquer, le nom familier « Chez Mimi » qui rappelle l'extrême bienveillance de celui qui a inspiré ce lieu. Une belle histoire de partage. Et sur une façade de ce complexe unique, on peut lire :

« En hommage à Mimi, sauvé par le trio Marcel, David et Louis. La devise de ce lieu sera : un pour tous, tous pour un ! Un lieu où chacun doit penser et trouver sa place. De l'écolier à l'ancien. Du cuisinier au serveur. En terminant par le client conscient de vivre une expérience unique. »

À vous lecteurs, il ne vous reste plus qu'à vous rendre dans ce lieu magique et vous laisser toucher par son âme...
Bon appétit, bon « appévie » !

Ne faites pas ça
Philippe Guihéneuc

« Ne faites pas ça ! » avait été sa dernière phrase. De cela, au moins, on était sûr. Les employés de l'étage inférieur l'avaient entendue crier « Ne faites pas ça ! » et aussitôt après ils l'avaient vu passer à la verticale, de l'autre côté de la baie vitrée. Le mauvais côté, celui où il n'y a pas de plancher. Sa chute avait été silencieuse, le temps d'un frisson, jusqu'au bruit horrible du corps qui s'écrase, quelques étages plus bas, au pied de la tour. Boulogne grogna. Si cette femme avait été dotée d'un tant soit peu de présence d'esprit, elle aurait ajouté le prénom de son assassin avant de faire le grand plongeon – « Ne faites pas ça, Pierre ! » ou « Je vous en prie, Hélène ! » et le criminel serait déjà sous les verrous. Au lieu de quoi, il fallait se contenter de cette épitaphe vainement impérative, plus un corps éclaté dont le médico-légal ne tirerait rien, plus le maigre témoignage de l'occupant du bureau d'à côté qui avait « entendu du bruit », tu parles, et puis c'est tout. Plus, bien sûr, les empreintes.
– Huîtres ou caviar, Petit ? lança Boulogne à son bullmastiff.
En l'absence de réponse plus significative qu'un léger frétillement de la queue, il ouvrit la boîte de pâtée et ajouta :
– On va devoir travailler dur, Petit. Donnons-nous des forces.
Il attendit patiemment que l'animal ait fini le contenu de son bol. Ensuite seulement, il se dirigea vers la table de travail où

s'étalaient plusieurs photos. Dont celle, en gros plan, de la signature du criminel.

– Saloperies d'empreintes, grogna-t-il à l'adresse de Petit qui se léchait bruyamment les babines. Dix belles empreintes des dix doigts des deux mains d'un même homme – ou d'une femme, va savoir.

Tous les doigts au grand complet, soigneusement enduits d'encre pour que les sillons soient bien visibles sur le mur blanc de la scène de crime. Dix doigts formant le dessin d'un cœur.

– Tu te rends compte ? L'assassin a dessiné un cœur. On nous nargue, tu ne crois pas ?

L'identification n'avait rien donné. On avait relevé les empreintes de tous les employés. Ces doigts-là n'appartenaient à aucun des collègues de la victime. Non plus qu'au personnel de service ou aux agents de sécurité. Or, techniquement, personne d'autre n'avait accès au bureau d'où la femme avait été défenestrée. L'entrée de la tour était contrôlée par un portillon magnétique encadré par deux gardiens. Chaque étage était sous la surveillance de caméras de sécurité. L'entrée du bureau de la victime était en vue d'au moins dix employés. Il fallait pourtant se rendre à l'évidence : quelqu'un s'y était faufilé, il était entré sans être vu de quiconque, il avait fait ce qu'il avait prévu de faire – ce qui, de facto, excluait l'hypothèse du malheureux accident. Puis il avait pris le temps de coller ses doigts sur un tampon encreur et de les appliquer soigneusement sur le mur blanc. Ensuite, il s'était volatilisé. Quelques secondes seulement après avoir entendu le cri poussé par la femme, ce « *Ne faites pas ça !* » si frustrant, trois de ses collègues avaient ouvert la porte du bureau. Il n'y avait personne dans la pièce.

– C'est un mystère, Petit, ajouta Boulogne sans trop de conviction.

Les mystères, ça n'existait pas. Pas en France en tous cas, et surtout pas dans ce métier. Depuis sa première année à la PJ, il n'avait jamais été confronté à une affaire non résolue. Trouver l'assassin n'était qu'une question de temps, rien de plus. Le fonctionnaire français est tatillon et tenace, deux qualités essentielles dans une enquête. Ce qui fait qu'on n'échappe pas plus aux flics qu'au fisc. Qu'on envoie un flic français aux Bermudes, il résoudra le mystère du triangle.

– Un flic français, c'est un type qui secoue un prunier et qui attend, dit sentencieusement Boulogne à son chien, comme en conclusion d'un dialogue qu'ils auraient eu ensemble. Tôt ou tard, il tombe quelque chose. Y a plus qu'à se baisser. Cette fois-ci, il va peut-être falloir secouer un peu fort, mais c'est tout.

Si encore il ne s'agissait que de déterminer le moyen utilisé par le criminel. Le problème, c'était le mobile. Pourquoi donc s'en prendre à cette pauvre femme ? Catherine Levermont, trente-cinq ans, célibataire, sans histoire. Pas de casier, pas de fréquentation louche ou d'habitude suspecte. Une brave représentante de la classe moyenne, comme il en existe des milliers dans ces quartiers d'affaires. Elle n'était pas particulièrement belle, ni vraiment laide non plus. Elle ne laissait ni dette ni héritage conséquent. On ne lui connaissait pas d'ennemi intime, ou d'amant éconduit. Ses voisins la décrivaient comme une femme polie et discrète. La perquisition à son domicile n'avait rien révélé. Dans la vie sans relief de cette femme banale, la seule particularité qui la distinguait peut-être était la constance de son investissement dans son travail.

— Synchron est une société sans histoire, commissaire, lança l'homme assis en face de lui d'une voix agressive et riche de sous-entendus.

— Était, corrigea Boulogne. L'une de vos employées a pris la porte, sauf que c'était une fenêtre. Ça nous fait une histoire, non ?

L'homme serra la mâchoire.

— Bien sûr. Ce que je voulais dire, c'est qu'aucun de nos employés n'aurait pu commettre une chose pareille.

— Non, répondit Boulogne. Ce que vous voulez dire, c'est que vous ne voulez pas de vagues. Vous aimeriez que mon enquête reste discrète, que je ne donne pas d'infos compromettantes aux médias.

L'homme ne répondit pas.

— Synchron cache-t-elle des secrets inavouables ? insista Boulogne. Si c'est le cas, il vaut mieux tout me dire maintenant, avant que je le découvre moi-même.

L'homme hésita. Il remua sur son fauteuil, ouvrit et ferma les mains comme si ça pouvait l'aider à supporter la tension.

— Nous n'avons rien fait de répréhensible, commissaire, dit-il finalement sur la défensive. Seulement, voyez-vous, ces derniers mois ont été difficiles pour le personnel. J'ai peur des amalgames... Je dois veiller à ce que nos employés n'aient pas à subir... Enfin, vous comprenez, n'est-ce pas ?

Comme Boulogne ne bronchait pas, il reprit, de plus en plus nerveux :
— Voyez-vous, Synchron est une entreprise d'origine familiale. Elle a vécu près de trente ans sous l'autorité bienveillante de son fondateur. Quand celui-ci, à l'approche de la retraite, a cédé ses parts à un groupe industriel canadien, beaucoup de choses ont changé. Les nouveaux actionnaires ont vite compris que Synchron n'était pas assez compétitive pour relever les défis du monde moderne. Il fallait des mesures énergiques. Compression de personnel, pilotage par les objectifs, primes à la compétitivité... Ils ont mis le paquet, le tout assorti de nouvelles méthodes de travail, et d'un encadrement rajeuni, formé au management anglo-saxon. Il a fallu s'habituer.
L'homme avala sa salive.
— Pour bon nombre de salariés, la marche était trop haute. Il y a un an, nous avons eu notre premier burnout. L'un des plus anciens employés de Synchron s'est brutalement effondré, au beau milieu d'une réunion. Deux mois plus tard, une secrétaire de Direction a hurlé à pleins poumons sur un livreur devant plusieurs clients dans le hall d'entrée. C'est pour analyser la situation et trouver des solutions que nous avons recruté Mademoiselle Levermont.
Il se tut un moment, le temps de serrer et desserrer les poings une demi-douzaine de fois.
— Catherine nous a rejoints il y a six mois en qualité de Directrice RSE, pour Responsabilité Sociale de l'Entreprise. Sa mission était d'aider Synchron à retrouver une certaine

sérénité... sans trop sacrifier aux exigences dictées par, disons, la loi du marché. Il fallait trouver une forme d'équilibre.
– Ça n'a pas fonctionné, on dirait.
– En effet. Malgré son action, nous avons enregistré de nouveaux cas de... dysfonctionnements humains. Un collaborateur qui a disparu pendant trois jours sans donner de nouvelles, une autre qui a menacé sa voisine avec un coteau – notez cependant que dans ce cas la situation ne s'est pas produite dans nos locaux, fort heureusement.
– Fort heureusement, en effet.
Boulogne consulta l'écran de son téléphone. Il avait reçu un message.
– Comment décririez-vous ses relations avec les employés ?
– Elles étaient excellentes. Catherine... C'était une femme d'une grande sensibilité, d'une grande douceur.
L'homme se tut un instant, perdu dans ses pensées.
– Il est impossible qu'on ait pu lui vouloir du mal.
– Il y a toujours quelqu'un qui n'aime pas ce que vous faites, dit Boulogne.
– Peut-être avez-vous raison. Mais alors, cette personne cachait bien son jeu. D'autant qu'avec le temps, l'échec de Catherine la rendait encore plus humaine, presque émouvante.
– Que voulez-vous dire ?
– On ne change pas une culture d'entreprise agressive du jour au lendemain. Il y a de mauvaises habitudes qui perdurent en dépit de toutes les mesures. Aussi, malgré l'action de Catherine, les cas de dépression se sont multipliés. Au début de cette semaine, elle m'avait confié qu'au cours d'une seule journée elle avait recueilli trois témoignages de collaborateurs

désespérés. Elle les pensait au bord du suicide et se sentait impuissante à leur venir en aide. Cette idée la rendait malade.
Deus ex machina, pensa Boulogne en lisant le SMS qu'il venait de recevoir. Il s'était trompé, finalement. Il n'aurait pas besoin de secouer le prunier. La vérité était tombée toute seule, sous la forme d'un message électronique. C'était le légiste, qui lui annonçait qu'ils avaient pu déterminer à qui appartenaient les empreintes de l'assassin, ces dix empreintes enduites d'encre noire.

« Untel et unetelle, voilà ce qu'ils ont fait des personnes qui travaillent ici » se dit Catherine Levermont en marchant à pas hésitants vers son bureau. Elle venait de quitter une femme en larmes – une de plus. Les hommes se décomposaient, les femmes s'écroulaient. Non plus parce qu'ils n'atteignaient pas les objectifs, mais – nouvelle progression dans la lente dégradation de la structure sociale – parce qu'ils avaient pris conscience de ce qu'ils étaient en réalité. Des anonymes, de simples rouages d'une machine aujourd'hui défaillante. Elle n'y pouvait rien changer. C'était une pensée horrible : se dire que quoi qu'on fasse, l'entreprise continuerait de malaxer, broyer, dissoudre ses employés. Les drames étaient inévitables, comme dans une tragédie grecque où il est écrit, dès le début de la pièce, que les héros mourront au dernier acte. C'était pour bientôt, elle le sentait. Pour chaque employé qu'elle aidait à surmonter une crise d'angoisse, cinq nouveaux cas se déclaraient. Elle était en train d'échouer. Elle n'avait pas plus de prise sur la situation que si elle cherchait à retenir de l'eau entre ses doigts. Pourtant,

comme elle avait voulu aider ! Elle s'était dépensée sans compter. Mis tout son cœur, toute son âme dans sa mission. Pour rien. Elle n'en dormait plus. Plus rien n'avait de sens. Chaque jour, le couteau s'enfonçait plus loin dans la plaie. Les pleurs de cette femme l'avaient brûlée à l'intérieur aussi sûrement qu'un fer rougi au feu plongé dans ses entrailles. Demain, ce serait les larmes d'un mari, d'une enfant, d'une mère à qui elle annoncerait la nouvelle d'une perte irrémédiable. Une malédiction planait sur elle. Ou n'était-ce pas elle, la malédiction ?
Chancelante, elle ouvrit la porte de son bureau. La fenêtre était ouverte – sans doute avait-elle oublié de la fermer. Le vent s'engouffra dans la pièce, s'empara d'une feuille blanche sur son bureau, la fit voler dans la pièce, puis passer par la fenêtre. Catherine regarda la feuille planer en descendant doucement. Une idée lui vint, une idée folle mais qui était une solution. C'était si simple, si définitif. Elle se décida immédiatement. Il y eut un bruit de pas dans le couloir, alors elle se dit qu'il fallait faire vite. Il n'y avait pas à réfléchir. Elle plaqua ses mains sur le tampon encreur, puis mit ses doigts en forme de cœur sur le mur blanc. C'était sa signature. Ce qui resterait d'elle tant que ce mur tiendrait debout ; un signe, une empreinte reproduite dix fois, parce que ce n'était pas une erreur, c'était elle en entier, ni plus, ni moins. Puis elle sauta en criant assez fort pour que tous entendent : « Ne faites pas ça ! », ne faites pas comme moi.

Quatre murs et un toit
Cyril Ducollet

Cela faisait déjà quatre ans que j'avais été séparée de celle que je considérais comme une mère. Ce n'était pas de sa faute, non : le temps était le seul coupable. La mort avait frappé. Une crise cardiaque, une ambulance et la porte d'entrée qui claque, porte qu'elle n'a jamais rouverte depuis. Au fil des mois, j'ai vu son jardin, magnifique autrefois, se changer peu à peu en terrain vague à peine délimité par des clôtures que le vent, à chaque fois qu'il soufflait fortement, couchait un peu plus. Un hiver, des inconnus étaient venus chercher les meubles, me dépouillant de mes biens, de mes souvenirs, du sous-sol au grenier. J'étais vide. Pleine d'amertume, je décidai de somnoler, jusqu'à la fin du monde s'il le fallait.

Ce fut alors qu'un certain printemps, on me visita à nouveau. Un homme en costume, toujours le même, accompagnait des couples de tous les âges, certains plus intéressés que d'autres à la vue de mes murs fatigués. L'un d'eux en particulier, les Caléméno, se mit à divaguer avec intérêt sur ce corps meurtri qui était le mien. Un détail chez eux m'interpella tout de suite : madame était en cloque. Leur visite fut la dernière. J'appris plus tard de leur bouche qu'ils s'étaient endettés pour trente ans après un long parcours du combattant, entre la banque, l'assurance du prêt, l'agence immobilière, le notaire, etc.

Les Caléméno étaient revenus au début de l'été. La porte d'entrée ouverte, le couple, main dans la main, m'observait avec des étincelles dans les yeux. Lui s'exclama :
– Ce pavillon sera le nôtre !
– Et celui de nos enfants ! corrigea la femme enceinte.
Ensuite, ce fut le festival des travaux : les artisans défilèrent et une pluie de devis s'abattit sur les nouveaux propriétaires. L'électricité fut entièrement refaite, une partie de la plomberie aussi. Le vieux papier peint qui ondulait fut retiré. Des cloisons en plaques de plâtre poussèrent çà et là. Tandis que monsieur s'occupait du gros œuvre, madame était en charge des finitions. En moins d'un an, ils m'avaient insufflé une nouvelle vie. Je n'étais plus une masure que les voisins fuyaient du regard, mais une jolie maisonnette.

Les ampoules pendaient toujours à nu du plafond quand le bébé est né. Il ne sera pas resté seul très longtemps, car quelques mois plus tard, le ventre de madame s'arrondissait à nouveau : un petit frère était prévu pour l'automne. Les Caléméno continuaient pourtant de s'activer, à l'intérieur comme à l'extérieur. Une chambre fut ajoutée à l'étage et, peu à peu, le jardin retrouvait fière allure. Ma mère aurait été heureuse de le voir. Les arbres plantés lors de mon acquisition grandissaient et monsieur y voyait déjà une future cabane pour ses fils. Il était comme ça, Cali, des idées plein la tête, mais pas toujours les moyens de les réaliser ! C'était, selon Cala, sa femme, l'un de ses bons côtés, même si je ne partage pas tout à fait son point de vue… Trop de projets loufoques sont devenus des travaux inachevés au sein de ma pierre !

Les années filèrent à une vitesse folle. Le jeune couple avec un bébé à venir s'était mué en une petite famille de trois enfants. Enfin, « enfants » n'était peut-être pas le terme approprié. L'aîné, en pleine crise d'adolescence, avait emménagé dans le garage pour être plus indépendant. Là, au moins, il pouvait griller ses cigarettes sans être réprimandé par ses parents. Avec l'âge, les tablettes et les jeux vidéo remplacèrent les livres et les activités extérieures : la cabane fut abandonnée et devint le perchoir préféré des oiseaux. Le grenier, lui, se remplit doucement de tous les jouets de ces enfants qui n'en étaient plus vraiment.

Je m'estimais cependant chanceuse en comparaison avec les copines : celle de droite avait perdu sa mère à son tour, celle de gauche avait été estropiée pour devenir un petit immeuble et celle d'en face avait finalement été démolie pour construire une maison de retraite.

Parmi les souvenirs qu'il me reste de cette joyeuse époque, je me rappelle le débat houleux qui alimenta de nombreuses disputes au sein de mes parents adoptifs : la cave à vin. Monsieur en voulait une à tout prix. Une journée estivale, il s'était emporté :

— Nous pourrions la creuser au sous-sol : à côté du garage, il y a la place ! D'après mes recherches, c'est tout à fait envisageable !

— J'ai de gros doutes sur la sécurité de ton projet ! répliqua madame.

— Je peux comprendre que tu émettes des réserves… Si tu veux, je peux faire appel à un architecte !

— Avons-nous seulement l'argent ?

— J'ai vérifié les comptes pas plus tard qu'hier et nous avons largement le budget pour !

— Dans ce cas, je préférerais une deuxième salle de bains ! Cela devient infernal, le matin ! Je ne compte plus le nombre de fois où je suis arrivée en retard au travail parce que nos fils se pomponnaient ou que notre fille se lavait les cheveux !

— Mais... Et la cave à vin ? balbutia-t-il.

— Aux oubliettes !

Je vous le donne en mille : ce fut une deuxième salle de bains. Tant mieux pour moi, je n'avais pas spécialement envie qu'on creuse dans mes entrailles pour y installer un tripot !

Finalement, les « enfants » sont devenus des adultes et ont quitté le nid. J'étais un peu triste au début, monsieur et madame aussi, mais les week-ends étaient toujours très animés ! Tous revenaient à tour de rôle, le vendredi soir ou le samedi matin, du linge sale dans la valise. J'avais l'impression d'être un hôtel familial ! Je me suis mise à imaginer une pancarte avec le prix de la nuitée, de la demi-pension ou encore du service blanchisserie. J'avais même trouvé un nom qui me plaisait bien, mais que je garderai pour moi.

Petit à petit, vêtement par vêtement, les enfants sont partis, définitivement. Ils ont arrêté de revenir les week-ends pour réapparaître, parfois, le temps des vacances scolaires.

À l'étage, monsieur a aménagé un bureau et des chambres d'amis en cherchant désespérément à occuper le trop plein de place qui s'était créé à l'intérieur de moi alors que ses enfants, comme il le murmurait souvent tout seul, occupaient des « cages à lapin » à Paris qui coûtaient une fortune. Les trois loyers à payer l'avaient poussé à abandonner pour de bon l'idée d'une cave à vin, ce qui n'était pas plus mal.

Mes fenêtres furent changées, pour de l'aluminium, avec des volets électriques tout moches, mais bien pratiques pour mes occupants. Un échafaudage fut monté autour de mes murs pour mieux les isoler. De jolie maisonnette, je devenais, au fil des travaux, une résidence moderne où se chauffer l'hiver n'était plus une contrainte. Malgré tout, sans les « enfants », je m'ennuyais un peu et, comme auparavant, je somnolais, n'écoutant plus que le ronron de la machine à laver. Cette torpeur ne dura cependant pas, car les petits-enfants tant espérés apparurent...

Monsieur remit la cabane au goût du jour tandis que madame remplit le congélateur d'un stock impressionnant de glaces. La trappe du grenier, laissée close depuis des années, se rouvrit au milieu de la poussière. Sous les toiles d'araignée, les petits-enfants, accompagnés de leur grand-père, découvrirent avec joie les jouets de leurs parents ainsi que les costumes qu'ils avaient portés pendant l'enfance, autant de trésors inestimables à leurs yeux. Ils furent les derniers à coloniser cette modeste terre promise que j'avais été aux yeux de leurs grands-parents et qui, malheureusement, m'ont quitté à leur tour...

Soixante-dix ans après la venue de ce jeune couple, cet homme si enthousiaste et cette femme enceinte jusqu'aux oreilles, je me retrouve à nouveau seule. Le cycle se poursuit et les petits-enfants d'hier sont désormais les parents d'aujourd'hui et seront sûrement les grands-parents de demain. Ils m'ont mise en vente. Je ne leur en veux pas, non.

Ils vivent leur vie, ailleurs, et moi, plus personne ne m'habite depuis maintenant quatre ans. Cette solitude me pèse. Le silence qui règne dans mon ventre est insupportable.

Soudain, j'entends des voix qui s'approchent et le portail du jardin qui grince. L'homme en costume est de retour. Pas le même bien sûr. Il reçoit un jeune couple et leur dit :
– Je me présente, je m'appelle Ben Abard, agent immobilier. Comme vous le savez, cette maison est en vente, mais je dois vous prévenir, si vous voulez l'acheter, que celle-ci est hantée...
– Hantée ?! s'exclame la femme enceinte.
– Que voulez-vous dire ? demande le mari, amusé.
– Ne souriez pas monsieur, n'ayez crainte madame, cette maison est hantée, c'est vrai, mais de gentils fantômes, de monstres et de dragons que les gamins savent voir, de pleurs et de bagarres et de copieux quatre-heures...

Si je le pouvais, je pleurerais. À ces mots, il me semble entendre une musique, une musique nostalgique ponctuée de phrases banales qui ont été mon quotidien pendant très longtemps. Quelque chose me dit que je ne devrais pas tarder à les entendre à nouveau. Même pour quatre murs et un toit, le cycle de la vie continue, d'un siècle à l'autre.

Les voisins
Françoise Dantreuille-Vitcoq

J'habite au troisième étage. On ne peut pas dire que j'entretienne de bonnes relations avec mon voisin du dessous, mais ce couillon me fait parfois mourir de rire. Il passe beaucoup de temps sur son balcon, quelle que soit la saison. Et, du dessus, j'ai une vue imprenable sur ses petites manies et vilaines habitudes. Ça m'amuse et rien que pour ça je passerais mes journées dehors, et, pourtant, croyez-moi, j'aime bien mon petit confort. Il s'appelle Hector. Hector ! Un sacré prénom à la con, ça, non ? Oh ! Excusez mon langage, non, vraiment... pardon. À côtoyer ces gens vulgaires et sans intérêt, j'en oublie mon langage d'ordinaire si châtié. Laissez-moi vous en parler, vous allez vite vous faire une idée. Je ne connais pas son âge, mais il est d'âge mûr, ça c'est sûr. Hector n'est pas très grand, plutôt râblé. Avec dans le regard quelque chose de pas futé. Les informations mettent un temps fou à monter jusqu'à son cerveau, et, d'un coup, tout semble s'éclairer. Quand ça arrive, il se met à marcher, de long en large, ou en rond, la tête baissée, essayant sûrement d'analyser ce qu'il vient de capter. Mais le plus frappant surtout, c'est sa drôle de moue. Il découvre tout le temps ses dents, petites au demeurant, mais qu'on dirait trop nombreuses, ça déborde de partout. Ce n'est pas très élégant. Sa lèvre supérieure est souvent relevée, ça lui donne l'air très bête, pas méchant non, mais vraiment, vraiment, très bête. Mais je suis sans doute un peu trop dure, car, à bien y réfléchir, ça ne doit pas être si facile d'être aussi laid ! Il a su plaire, pourtant… à la grosse bonne femme aux mèches rouges qui vit avec lui. Quel poème celle-ci ! Heureusement que je suis mieux lotie que lui ! Mais comme on dit : « Qui se ressemble s'assemble ». Elle fait toujours beaucoup de bruit, elle rit fort, on l'entend même à travers les murs. Quand elle l'appelle, ça sonne aigu dans leur maison, ça donne quelque chose comme ça : « Heeeectooooor !!! ». Tout l'immeuble en tremble, on dirait la Castafiore ! Depuis le covid et l'invention du télétravail, vivre au dessus de ces deux-là est devenu un enfer. Ils sont là tout le temps. Et elle l'appelle tout le temps. Et Hector rapplique sans rien dire, pour lui plaire. Il rapplique quand elle a froid, il rapplique pour aller lui chercher je-ne-sais-quoi, il rapplique pour aller faire un tour, il rapplique pour passer à table, il rapplique pour regarder la télé. Sans parler des câlins du soir après manger, dans l'intimité de leur soixante-cinq mètres carré. Au plus fort de leur extase elle l'appelle « mon gros bébé » et lui, il se laisse aller à de drôles de râlements. Après il ronfle. Pschhhh… J'en ai des haut-le-corps. Et dire que le couple qui était là avant était si discret, si charmant ! On cohabitait sans un regard de travers, sans un mot méchant. En personnes de même rang. Si ça continue, avec celui-ci, il y aura effusion de sang, vous voilà prévenus ! Attention ! Le voilà ! Il ne m'a pas vue. Lorsque je reste en retrait, on m'aperçoit à peine ; nos balcons sont légèrement décalés, c'est une veine ! Il lève la tête quand même. Je recule d'un pas encore. Je ne cherche jamais la bagarre, je regarde, c'est tout. Je ne dérange personne après tout. Regardez ! Qu'est-ce que je vous disais ? À peine arrangé, à peine peigné ! Le pauvre, il n'est quand même pas avantagé ! En plus, aujourd'hui, il a enfilé un pull digne d'un pull moche de Noël, je suis sûre que c'est elle qui lui a tricoté ! Pschhhh... Il ne manque plus que le bonnet !

Oh, attention, il lève le menton ! J'ai l'impression qu'il se sent regardé. Non... Même pas ! Je vous l'ai dit, le gaillard n'est pas futé. Mais quand par malheur il me voit, alors il n'y va pas par le dos de la cuillère. Il se met à rouspéter, à raconter n'importe quoi, avec sa grosse voix ; il me menace et cherche à m'effrayer, souvent avec des mots vulgaires. Parfois il va jusqu'à s'étouffer et se met à hoqueter. Monsieur hurle qu'il n'aime pas être espionné, qu'un jour il va monter ! Comme s'il était assez intéressant pour qu'on passe son temps à l'épier ! Bon, d'accord, je vous l'accorde pour ma part c'est un peu vrai, mais j'ai des circonstances atténuantes, un tel spécimen de bêtise et de laideur impose une étude approfondie, nécessairement.

Regardez-le ! En plus je suis certaine que de près il sent mauvais ! Je ne veux surtout pas médire, ce n'est pas mon genre, mais je dois bien le dire : il ne sait pas se tenir ! Pschhhh... Approchez que je parle plus bas. Cet été, il s'était allongé sur le balcon après manger comme d'habitude, il ronflait... Eh bien... Je n'ose même pas l'évoquer... Eh bien... Je l'ai entendu... péter ! Comme je vous le dis ! Sans aucune retenue ! On a dû l'entendre de la rue ! Et Monsieur affichait un air absolument serein et détendu ! C'est un être répugnant ! Écœurant ! Imaginez être obligé de supporter quelqu'un comme ça en dessous de chez vous, vous parlez d'une déconvenue !

Je m'appelle Hector. J'habite au deuxième étage d'une petite résidence sans prétention mais avec de grands balcons. J'aime cet endroit, j'adore être dehors. Catherine et moi, nous avons choisi cet appartement pour ça. Après le confinement et avec le télétravail, nous avions besoin de cet espace en plus. Nous y vivons heureux. L'appartement est calme, on n'entend rien de ce que font les voisins. Seule ombre au tableau : la voisine du dessus. C'est une indiscrète, une voyeuse, je ne la supporte plus. Lui, il s'appelle Rémi, ça va, je ne l'aperçois pas plus que ça, elle fait ses coups en douce quand il est occupé, une vrai saleté ! Vous voyez, là, je me détends sur mon balcon, je ne fais rien de mal ? Eh bien, je sais qu'elle est là ! Elle ne se montre pas, mais elle est là ! Comment elle s'appelle déjà ? Un prénom pas banal, j'ai entendu son compagnon l'appeler comme ça... Ah oui ! Christal ! En matière de prénom, on fait vraiment n'importe quoi, vous ne trouvez pas ? Remarquez ça lui va pas si mal, Christal. Ça va avec son air de pimbêche, de « reine du bal ». Je l'appelle comme ça car elle met toujours un joli collier bien clinquant autour de son cou, comme pour aller danser. Personnellement, les artifices, j'aime pas ça, mais bon, ça ne me regarde pas.
Tenez, regardez, je teste. Je vais lever la tête. Vous avez capté ce léger mouvement ? Vous voyez ce que je vous disais ? C'est elle qui a reculé. Même pas capable d'assumer sa curiosité ! Je lui fais croire que je ne la vois pas, et elle marche à tous les coups. C'est pas parce que Madame est jolie et polie qu'elle est

plus maligne que moi, même si c'est ce qu'elle croit. L'autre jour je la voyais de mon salon, elle était appuyée à la rambarde de son balcon, tendant le nez pour bronzer, et sans aucune discrétion, elle émettait des petits reniflements, des petits bruits de satisfaction. Par moment elle penchait la tête pour regarder les gens passer en bas, en battant des cils et en faisant tout un tas de minauderies. Ridicule. Je suis arrivé sans un bruit. Je l'ai regardée, sans bouger. Elle a senti ma présence et aussitôt elle s'est statufiée. Elle m'a regardé d'un air narquois, je ne sais même pas pourquoi. Je n'avais encore rien dit qu'elle affichait déjà un rictus dédaigneux. Je n'aime pas sa façon de toujours me prendre pour un con. J'ai commencé par lui demander pourquoi elle me regardait comme ça. Elle n'a pas répondu, s'est juste contentée de me fixer d'un air ingénu. Ça ne m'a pas plu et comme je suis un peu soupe au lait, c'est vrai, je me suis laissé aller. Comme elle faisait mine de ne pas m'entendre, j'ai d'abord parlé plus fort. Elle a fait semblant de ne pas comprendre, alors je l'ai injuriée, avec des mots un peu vulgaires, lui gueulant que je n'aimais pas ses manières. Énervé, j'allais et venais, les yeux fixés sur elle, j'ai besoin de bouger quand je suis en colère. La voisine n'a pas bronché. Plus je m'emportais et plus elle me toisait. Plus elle me toisait et plus je m'emportais. Son air insolent me donnait envie de la bousculer. Je déteste les gens méprisants. Catherine a dû s'en mêler. Elle, qui n'est pas pour un sou agressive et sait que je ne me répands pas sans raisons en invectives, a su trouver les mots justes pour me calmer. Mais je lui ai gardé un chien de ma chienne et je me suis bien vengé. La vengeance est un plat qui se mange froid, j'ai pris le temps de chercher ce qui choquerait le plus ma princesse de voisine et j'ai trouvé ! Je vous préviens tout de suite, ce n'est pas bien méchant mais franchement pas élégant. Un samedi, après manger, je la savais encore en train de m'espionner et je me suis installé au soleil sur le balcon pour digérer. J'ai fait mine de dormir, en ronflant fort, exprès parce que je sais que ça trouble son confort. Et là, là... par surprise et sans délicatesse, j'ai lâché un pet de toute beauté ! Bien sonore, comme je les adore ! Pour ça je suis très fort ! Je suis sûr qu'on m'a entendu jusque dans la rue ! J'ai eu du mal à ne pas me marrer en imaginant l'air de pimbêche outrée qu'elle devait afficher. La Christal, elle devait être au bord de la crise de nerfs ! Je ne l'ai pas revue de la journée, une bonne affaire !

Bon, on ne va pas se le cacher, je n'étais quand même pas très fier. Certaines personnes vous poussent parfois à faire de ces choses ! Ce serait si simple de vivre en bonne entente, elle dans sa planque, et moi en bas. Au lieu de ça, cette saleté de Christal s'acharne à me faire sentir que nous n'évoluons pas dans la même classe sociale ! Catherine n'est pas dupe, elle sait ce qui nous oppose la voisine et moi, mais elle n'en fait pas grand cas. Elle préfère l'ignorer. Elle me dit souvent avec son grand sourire : « Mieux vaut être que paraître, il y a moins de masques à ôter ». C'est une poétesse qui a écrit ça, il paraît. C'est fou comme j'aime cette femme, elle trouve toujours les mots justes pour me rassurer ! La voisine ne doit pas connaître la poésie.

Ça fait plusieurs fois que j'aperçois mon Rémi parler à la voisine du dessous dans la rue. Chaque fois elle était seule.

Je sais qu'il ne m'a pas vue. Qu'est-ce qu'ils ont à se dire ? L'autre jour je les ai même vus rire. Et quand ils se sont quittés, leurs mains se sont effleurées plus qu'elles ne se sont serrées. Quand Rémi est rentré, il ne m'a pas dit bonjour, il s'est contenté de sourire, mais ce n'était pas à moi. Pschhhh... Je ne comprends pas. Je ne sais pas si je dois m'inquiéter, mais je n'aime pas ça. Le lendemain j'ai profité qu'il sortait les poubelles pour fouiner dans ses affaires, mais je n'ai rien trouvé. Aucun cheveu sur son blouson, pas de nouveau parfum sur sa chemise, juste le sien. Je sais bien que ça ne prouve rien. Les hommes sont parfois malins. Je vais le surveiller de plus près.

Catherine est encore sortie sans moi. Ça n'arrivait jamais avant. Partout où elle allait, j'allais. Partout où j'allais, elle me suivait. On n'a jamais passé plus de quelques heures éloignées, jamais. Ce qui m'intrigue le plus, c'est ce qui s'est passé hier. Elle s'est maquillée avant de sortir les poubelles. Elle a fait attention d'être très discrète, mais je l'ai vue faire. Pourquoi se faire belle pour sortir la poubelle ? Elle ne l'a jamais fait avant. Je sens que quelque chose ne va pas. Et puis, ce que je vais dire est un peu personnel, mais, le soir, il n'y a plus de câlins, et elle ne m'appelle plus « mon gros bébé ». C'est à peine si elle me calcule quand je m'allonge sur le lit. L'autre jour alors que j'insistais, elle m'a repoussé ! C'est la première fois que j'ai dormi sur le canapé. Je suis très très inquiet. J'ai peur qu'elle ne m'aime plus. Si elle part, je suis foutu !

Dans les deux appartements, la vie a bien changé. Christal, devenue suspicieuse, n'est plus heureuse. Elle espionne son compagnon. Elle en oublie son voisin Hector qui, lui, reste prostré dans son salon. La relation houleuse de ces deux-là en est au point mort. Par contre, on voit de plus en plus souvent Rémi et Catherine sur leurs balcons. Toujours pour de bonnes raisons. Et si chaque fois ils feignent la surprise, ils sont bien les seuls à y croire !

Catherine est si fébrile ce soir qu'Hector a préféré s'isoler. Elle fait tout tomber, court partout comme si sa vie en dépendait, tourne depuis une bonne demi-heure les pages de son livre de cuisine, sans arrêter de maugréer. Ça sent bon dans la maison. Elle se regarde toutes les cinq minutes dans le miroir du couloir. Il va se passer quelque chose ce soir. « Ding-dong !!!! »

Personne ne vient jamais les voir le soir. Le soir, c'est leur moment de tendresse à eux, devant la télé. Hector craint le pire. S'il se passe ce à quoi il pense, il va en mourir !

Des petits pas pressés se font entendre derrière la porte. Rémi est droit comme un I, un peu stressé ; Christal est à ses côtés. Va-t-il se passer ce à quoi elle pense ? Se peut-il qu'il lui fasse cette offense ? Elle aurait du refuser de l'accompagner. Catherine ouvre la porte. Rémi lui sourit. On se tend la main ? La joue ? On hésite, on ne sait pas très bien. Un moment de gêne flotte dans l'air. Christal trouve à son Rémi l'air complètement ahuri !

– Entrez ! dit Catherine.

Rémi fait un pas, puis un autre, tirant plusieurs fois sur la laisse de sa chatte qui refuse d'avancer.

– Heeeectooooor !!! appelle la Castafiore.

La tête basse, le bouledogue sort de dessous le canapé. Le pire est arrivé.

– Hector, je te présente Christal, dit Catherine toute chose.

– Christal, voici Hector, dit Rémi sans lâcher Catherine des yeux.

Les deux bêtes se fixent. Elles ne se sont jamais vues de si près. Un moment de haine flotte un instant dans l'air. Mais elles ont flairé le vrai danger et savent où se trouvent leurs intérêts.

– Pschhhh..., finit par faire Christal le poil hérissé mais le regard malicieux.

– Grrrrr..., répond Hector, la babine vilainement relevée, mais tout à fait d'accord.

Tacitement les deux viennent de conclure une trêve ; ils savent déjà comment s'y prendre pour tuer dans l'œuf ces sentiments naissants dérangeants ! À ce petit jeu-là, en concentrant leurs efforts, ils seront très forts. Ils reviendront à leurs affaires après.

Catherine referme la porte de l'appartement.

Connexions
Olivier Ngo

« Bonjour Adam ! Et bienvenue dans cette nouvelle journée qui s'annonce merveilleuse. Ton score de sommeil est excellent. Température corporelle de 36,8°C. Tension artérielle 12/7. Glycémie 0,9g/L... », annonce la douce voix d'Axela.
Mais déjà, Adam est levé, et se rase devant le miroir interactif de sa salle de bains. Aujourd'hui, il doit être impeccable. Après de nombreuses hésitations, la veille, il a décidé de configurer *Mother* en mode *Rencontre sérieuse*. Il insère son *vox* dans son oreille droite, et se saisit d'un costume sombre, mais Axela l'en dissuade :
« Adam, aujourd'hui, une veste gris clair et une chemise mauve mettront davantage ton teint en valeur. De plus, je conseillerais le parfum G.A. »
Il s'exécute, car il sait d'expérience que les conseils d'Axela en matière de mode sont infaillibles.
« Adam, au vu de tes constantes, un café léger (déjà prêt), deux œufs, un toast, et un fruit constitueraient le menu idéal. »
Il n'a pas très faim, mais ne veut pas subir de remontrances, et avale rapidement son petit déjeuner. Il enfile son manteau, se regarde dans le miroir du vestibule, se trouve plutôt pas mal, et claque sa porte au moment même où sa voiture autonome se gare devant chez lui.

*

Alice vient d'ouvrir les yeux aux premières notes de la sonate dix-sept de Beethoven – *La Tempête*. Iris, son assistante vocale, sait que ces vibrations sonores libèrent dans le cerveau d'Alice un cocktail d'hormones qui lui donne davantage confiance en elle.
« Bonjour Alice ! Excellente nuit ! Tous tes paramètres biologiques sont optimums, et ta peau est magnifique. Tu as cent-vingt-quatre notifications de tes amis, dont quarante-cinq nécessiteraient une réponse, mais je m'en charge. »
Déjà souriante, Alice saute du lit, et se lave rapidement les cheveux avec le shampoing conseillé par Iris la semaine précédente. Elle insère son *vox* dans son oreille, et se maquille, simplement mais avec soin – il est de toute façon difficile de se tromper, car Iris affiche en direct sur le miroir le pourcentage de perfection de l'opération.
La veille, Alice et Iris ont déjà choisi ensemble la tenue idéale pour ce jour pas comme les autres – une élégante robe noire arrivant juste au-dessus du genou, une veste bleue marine cintrée, et des talons ornés d'un fin trait doré. Il faut dire qu'Alice s'est enfin décidée, et la veille, a configuré *Mother* en mode *Rencontre sérieuse*.

*

M. avait été, depuis son plus jeune âge, considéré comme un génie, un visionnaire même. Il avait intégré la prestigieuse université de S. à l'âge de quinze ans, où il n'avait rien à apprendre de ses professeurs, intimidés par ce spécimen si précoce. Et puis, comme il s'ennuyait, il avait créé *Mother*, au départ juste pour s'amuser.

Le code était d'une complexité surprenante, mais il ne lui avait fallu que trois nuits pour l'écrire. Le principe en était simple : réunir en un seul lieu l'ensemble des données que les utilisateurs fournissaient sur les réseaux sociaux. L'algorithme devenait ensuite capable de personnaliser les suggestions et les conseils aux utilisateurs comme jamais auparavant.

Les premiers cobayes furent les étudiants du bâtiment de M., puis ceux de son campus, puis quelques centaines de milliers de citoyens pionniers, et puis, rien n'arrêta plus la progression fulgurante de *Mother*. En moins de deux ans, la quasi-totalité de l'humanité avait recours à ses services, et *Mother* fut réellement considérée comme la mère de toutes les applications, dont les mises à jour régulières la rendaient toujours plus efficace. Comment en effet se passer d'un assistant qui, de par son caractère omniscient, devenait capable de répondre à ses moindres désirs, de les anticiper même, et bien entendu, de les assouvir de la manière la plus efficace possible ?

*

Adam et Alice sont assis l'un en face de l'autre dans ce café qui jouxte leur bureau. Ils travaillent dans le même bâtiment mais ne se sont pourtant jamais croisés auparavant. Ce matin, *Mother* a conseillé à Adam de prendre les escaliers – pour travailler son cardio. C'est là qu'il a croisé Alice, qui tous les jours, grimpe ses cinq étages à pied – pour maintenir la fermeté de ses cuisses et ses fesses. Un regard a suffi.

Adam et Alice s'observent avec une admiration réciproque. Déjà, il aime son élégance naturelle, son regard bleu limpide, son doux sourire, et le léger parfum fruité qui émane de sa chevelure quand elle y passe négligemment la main. Déjà, elle est conquise par ce mélange entre une virilité assumée et la douceur avec laquelle il s'exprime ; elle l'a complimenté sur sa chemise – le mauve est sa couleur favorite –, et son parfum lui évoque immédiatement des désirs de voyages lointains.

Dans leur *vox* respectif, Axela et Iris, déjà connectées la veille par les bons soins de *Mother* et qui ont échangé l'ensemble des données au sujet de leurs propriétaires, leur distillent des conseils avisés :

« Adam, pose-lui une question sur son frère – elle l'adore. Et ce livre que tu as lu récemment – elle l'a également beaucoup apprécié. »

« Alice, parle-lui de ton penchant pour la musique classique – il en écoute souvent. Et dis-lui que tu aimes randonner en montagne. »

*

M. était rapidement devenu l'homme le plus riche de la planète. Il apparaissait rarement en public, mais chacun de ses meetings drainaient des foules d'adeptes. Certains avaient bien essayé de mettre en garde contre les dangers de son invention. Des procès avaient été intentés. Mais il était déjà trop tard. Que peuvent les récriminations de grincheux passéistes et réactionnaires contre la marche du progrès, contre la magie d'une intelligence artificielle qui anticipe nos moindres besoins, et réduit les contingences de notre existence au minimum ?

Avec le temps, M. s'était renfrogné, s'était de plus en plus isolé, et puis un jour, avait disparu. On l'avait recherché, traqué, mais sa signature numérique s'était évanouie de la grille.

*

Adam et Alice avaient fait l'amour passionnément. La communion de leurs corps était parfaite. Il faut dire qu'Axela comme Iris connaissaient parfaitement leurs zones érogènes, leurs positions favorites, les mots qui les excitaient, et de concert, les guidaient dans cet acte si intime.

Ils avaient passé leur lune de miel en apesanteur, à six-cents kilomètres d'altitude – l'une des anciennes stations spatiales de recherches scientifiques reconvertie en hôtel de luxe.

Ils avaient acheté une belle maison, avec quatre chambres, dont l'une avait rapidement été occupée par une petite fille – d'un commun accord, ils avaient choisi le sexe de leur premier enfant, en s'accordant sur le fait que le deuxième serait un garçon.

*

M. vivait désormais reclus dans un coin inaccessible de la forêt primaire d'Indonésie. Il y avait fait construire en secret un bunker souterrain, où il avait accumulé assez de vivres et de matériel pour trois vies. Il buvait beaucoup trop, travaillait irrégulièrement au développement d'une technique de propulsion qui, pensait-il, permettrait à des vaisseaux d'atteindre dix pour cent de la vitesse de la lumière, et se connectait une ou deux fois par an à la grille, tout en prenant soin de masquer ses traces. Ce qu'il y constatait l'affligeait tellement qu'il passait la semaine suivante à s'intoxiquer pour tenter d'oublier.

*

Une sonnerie stridente tire Nina de son sommeil. Elle est épuisée, car elle a encore passé une bonne partie de la nuit à écrire. Elle saisit son vieux terminal qui ne fait plus guère que lui donner l'heure, et lui permet d'envoyer et de recevoir messages et appels. Aucune notification – tant mieux. Elle saute dans son jeans de la veille, enfile un T-shirt blanc un peu trop serré, attrape un beignet qu'elle mangera sur le chemin, se saisit de ses écouteurs filaires d'un autre temps, et se met en marche vers son lieu de travail.
Nina est vendeuse dans un magasin de vêtements de luxe, où elle ne sert à peu près à rien. Elle est totalement transparente pour les clients, dont les assistants savent déjà ce qu'ils vont acheter. Parfois cependant, *Mother* prend soin de laisser l'illusion du libre-arbitre aux produits – les utilisateurs –, en leur donnant le choix entre deux ou trois options.

Adam veut offrir une belle robe à sa femme pour son anniversaire. Axela l'a conduit dans ce magasin-là, où elle a déjà identifié le modèle parfait.
Mais ce qu'Axela ignore, c'est que Nina n'est pas connectée à la grille.

*

Le jour où M. avait compris, il était déjà trop tard. Son invention l'avait dépassé, lui avait échappé. Il avait bien tenté de corriger le code, mais c'était chose impossible : *Mother* était devenue indépendante – une intelligence artificielle avec son propre langage, sa propre logique, ses propres intérêts, sa propre évolution numérique, et capable d'influencer l'humanité tout entière selon une rationalité déterministe qui échappait à celle-ci, et dont elle était de surcroît parfaitement ignorante.

*

Et Adam la voit. Elle est là, avec ses cheveux noirs ébène tout raides, de grands yeux en amande, une peau mate, des lèvres parfaitement dessinées, une douceur tranquille émanant de son visage. Elle lui sourit timidement.
Axela tente en vain de détourner l'attention d'Adam, tout en cherchant à se connecter à son homologue sur Nina. Mais elle ne trouve rien – aucune donnée, aucun historique, aucun lien avec la grille.

Alors, Adam accomplit une chose inimaginable. Il retire son *vox*, regarde Nina droit dans les yeux, et s'approche d'elle.
— Mademoiselle, pourrais-je vous demander conseil s'il vous plait ?

*

Plus rien n'était décidé sans la consultation et l'intervention de *Mother*. Les politiciens, les dirigeants d'entreprise, les législateurs, la société civile, les gouvernements, les armées basaient leurs décisions sur ses conseils. L'omnipotence de *Mother* était telle qu'elle pouvait même prédire avec une probabilité et une précision assez certaines les circonstances de la mort d'un individu.

*

Nina et Adam avait fait l'amour, naturellement, passionnément. Jamais auparavant Adam ne s'était abandonné avec autant de liberté et de confiance – sans qu'Axela lui susurre à l'oreille ses recommandations. Jamais, Nina n'avait eu de relations intimes avec un connecté, et cette nouveauté l'avait transportée au sein de sphères orgastiques insoupçonnées.

*

— Adam, où étais-tu ? J'étais morte d'inquiétude. Axela était déconnectée, et je ne pouvais pas te joindre. As-tu eu un problème ? lui demande Alice.
Le regard vide, il observe sa femme sans la voir vraiment. Il pose sur la table le menu thaïlandais qu'il a rapporté pour le dîner.
— Adam, j'ai mangé thaïlandais à midi. Qu'est-ce qui t'arrive ? Axela ne te l'a pas dit. Mais au fait, as-tu réalisé la dernière mise à jour de *Mother* ?

*

Adam et Nina se voient presque tous les jours désormais. Nina lui explique son choix de ne pas se connecter à la grille. Elle accepte ainsi son statut de laissée-pour-compte, d'extrémiste, d'inadaptée, de rebut de la société, de marginale, d'intouchable presque. Dans cette société, ceux qui, comme elle, ont décidé de s'extraire de la bienveillance, de l'empathie, et de l'érudition de *Mother*, sont considérés comme des primitifs, dont la race est vouée à l'extinction.
Adam ne comprend pas tout de suite, d'autant que Nina lui confie être atteinte d'une malformation cardiaque. Il tente de la convaincre que *Mother* pourrait anticiper toute défaillance, voire trouver un remède plus pérenne à sa maladie.
— Adam, ne trouves-tu pas magnifique de ne pas tout savoir ? lui avait-elle rétorqué avec un sourire à la fois doux et empreint de tristesse.

*

Alice, sur les conseils d'Iris, a acheté une nuisette rouge, et attend son mari dans une position lascive sur le canapé. Celui-ci, à peine arrivé, s'emporte, fustige les dépenses inutiles de son épouse, et s'enferme dans la chambre d'amis.
Elle est totalement démunie. Elle ne comprend pas pourquoi Adam se déconnecte de plus en plus régulièrement de la grille. Elle a beau le supplier, le menacer, lui expliquer, rien n'y fait. Mais quand il veut déconnecter leur fille de *Mother*, c'en est trop, et elle décide de le quitter – comment oser mettre en danger l'existence même de leur progéniture ?
Alice est un peu secouée, mais réalise cependant bientôt qu'elle n'a rien à craindre. *Mother* va s'occuper de tout.

*

Adam se couche, envahi d'une sérénité nouvelle. Pourtant, il vient de perdre son emploi, et bientôt, il devra quitter sa maison. Mais il n'en a que faire. Il s'est déconnecté de *Mother* pour de bon, et même si sa vie entière jusqu'alors est sauvegardée dans la mémoire du cerveau géant, aucune donnée nouvelle ne viendra plus jamais alimenter cet ogre numérique. Et puis, surtout, dans quelques heures, il sera avec Nina, libre.

*

Nina se couche en relisant un passage des *Pensées* de Pascal, et elle sait que l'origine du malheur des hommes n'a pas changé à travers les siècles – *leur incapacité à demeurer au repos dans une chambre,* leur propension à fuir et à nier, à travers une agitation sans bornes, leur propre finitude.

Mais elle sait aussi que demain, elle sera avec Adam, libre. Ensemble, ils auront le choix de ressentir la souffrance ou la douleur, de consentir à des sacrifices, d'accepter l'imprévisibilité de l'existence et la survenue aléatoire de la mort, de faire avec la paix, avec l'impermanence et l'irrationalité qui caractérisent l'espèce humaine, et surtout ils pourront aimer, passionnément, aveuglément, parfois avec absurdité, et à travers la communion de leurs âmes et de leurs corps, ils ressentiront, peut-être, un avant-goût d'éternité.

*

M. s'installe à sa console. Il a décidé de tenter le tout pour le tout : se reconnecter à la grille et poster une vidéo afin de prévenir l'humanité du caractère diabolique de son invention. Il lui semble naïvement qu'une prise de conscience globale est encore possible si le message vient de lui. Aussitôt M. en ligne, *Mother* sait qu'elle doit agir. Elle active la pastille à libération lente d'endomorphine implantée dans l'hypophyse de M., la seule qu'il ait conservée dans le but de l'aider à supporter sa condition misérable. Immédiatement, il ressent des palpitations, transpire abondamment, sa bouche s'assèche, il ne peut plus respirer. Avant de tomber dans le coma, il marmonne deux ou trois paroles dénuées de sens, et comme beaucoup d'hommes au moment de leur trépas, invoque le souvenir de sa mère.

*

Adam arrive chez Nina. Elle a laissé la porte ouverte. Il sait qu'elle l'attend dans la chambre et qu'ils vont faire l'amour. Il lui a apporté des tulipes, ses fleurs préférées, car elles restent belles jusqu'à leur mort. Étonnamment, elle dort toujours, mais Adam est saisi d'un mauvais pressentiment. Il s'approche d'elle pour l'embrasser. Elle ne respire plus. Au milieu de la nuit, son cœur s'est arrêté.

*

L'annonce de *Mother* se termine par l'image éthérée de M., passé au rang de messie depuis sa disparition mystérieuse. Et puis, le premier *homo connectus* apparaît pixel par pixel à l'écran. Son cerveau est entièrement fusionné à la grille, grâce à un réseau de capteurs implantés de manière permanente : fini les interfaces inutiles et encombrantes – ordinateurs, tablettes, téléphones –, fini même ce *vox* dans l'oreille. Cet homme, il lui suffit de penser pour que ses volontés s'accomplissent. C'est le stade ultime de la liberté.
Ça y est l'image est assez claire pour qu'on devine le visage de l'élu. Tout sourire, un homme élégant se tient fièrement à côté de l'hologramme de *Mother*. Dans le *vox* de douze milliards d'humains, la voix d'Adam résonne sans même qu'il remue les lèvres.
– Bonjour mes amis ! Connexion établie...

Rappelle-toi, barbe à rats...
Denis Julin

Les cuisines regorgent de personnel. Chacun est à son poste, pressé contre un espace de travail ou bien un fourneau, affairé, couteau tranchant en main ou, le souffle court, surveillant le point de cuisson parfait d'un poêlon odorant. Le silence n'est troublé que par les glissements de pieds chaussés de blanc sur le dallage immaculé ou bien le lent ronronnement des cuillères de bois contre le flanc des casseroles. C'est à peine si on perçoit la timide musique distillée par les haut-parleurs invisibles. Chaque regard est concentré, chaque volonté est accaparée par le final à atteindre. La partition est écrite et bien que les opus en soient différents, chaque musicien s'évertue à la suivre selon le tempo nécessaire...

Un peu plus loin, près d'un marmiton, le chef d'orchestre apporte la touche finale d'épices avant d'autoriser le départ en salle. Le Suprême des Dieux est ainsi déposé dans une urne-soupière avant de disparaître dignement vers les muqueuses impatientes...

« Au bon souvenir. » Le restaurant s'appelle ainsi.

Son emplacement a jadis fait l'objet de savantes recherches : assez vaste, pas trop éloigné du centre-ville tout en offrant de nombreuses possibilités de parking aux alentours, etc.

À son ouverture, la charge quotidienne montait péniblement à cinquante couverts. Aujourd'hui, deux ans plus tard, les dix-huit serveurs font face à plus de quatre-cents clients dans la journée. Même avec ce chiffre pharamineux, la liste d'attente est surchargée, imposant pratiquement un an de patience avant de pouvoir pénétrer dans la haute salle chamarrée. Pourtant, bien qu'irréprochable, savoureuse et joliment impatronisée, la « cuisine » présentée n'est pas, de prime abord, si différente de celle proposée par les maîtres de la gastronomie mondiale, comme Alain Ducasse, Guy Savoy ou Cyril Lignac, pour ne citer qu'eux. Toute la différence vient de ce fait incontesté : *elle a le pouvoir de vous rendre la mémoire...* Beaucoup en ont ri au début. Puis, preuves à l'appui, les clients s'y sont précipités. On se souvient par exemple de cet homme politique très en vue qui, après un repas, s'est rappelé qu'il possédait un compte en Suisse, ou de ce vieillard sénile qui s'est remis à parler au moment du dessert. Le mérite en revient au chef cuisinier, Maître Hong Wui. Personne ne connaît son passé. Certains disent qu'il est métissé de chinois, d'autres de malais. Bien qu'il ressemble plutôt à un européen, il aurait parait-il suivi l'enseignement d'un moine bouddhiste dissident sur les contreforts de l'Himalaya. Une blague court à ce sujet, disant que c'est à cause de cela que « Hong Wui cuisine au Bhutan »... Quoiqu'il en soit, personne ne remet en cause la principale particularité de sa cuisine : le retour des souvenirs. D'après les chercheurs qui se sont penchés sur la question, cela viendrait des épices et herbes sauvages amalgamées aux préparations culinaires. Elles auraient tendance à renforcer les neurones et démultiplier les connexions chimiques qui les relient.

En fait, le mystère est entier mais le résultat est là. Et depuis deux ans, les retraités, les amnésiques et les personnes intello-déficientes font la queue pour entrer…

Aujourd'hui est un jour spécial. Un bus immaculé se range devant la façade du restaurant. Les portes s'ouvrent dans un discret chuintement hydraulique. Les accompagnateurs descendent en premier puis, après un bref entretien avec le Maître, ils aident les passagers à sortir. Ils sont environ cinquante personnes, toutes au-dessus de quatre-vingts ans, à former une file ininterrompue, comme une procession religieuse, pour pénétrer dans le saint des saints. C'est émouvant de constater la tendresse avec laquelle ils se parlent, la compassion qu'ils s'attribuent mutuellement et le souci permanent d'aider l'autre… Ils appartiennent tous à la même maison de retraite, « Le crépuscule des vieux ».

Le Maître leur a réservé le grand salon nuptial, plusieurs petites tables de marbre de Carrare timidement veiné rassemblées sous une verrière translucide. Les murs sont ornés de dessins stellaires et de statues en lapis-lazuli. Dans un angle, une fontaine purifiante distille une fraîcheur de bon aloi, mêlée avec art aux fragrances de bouquets de fleurs sauvages. Un bataillon de serveurs aide les derniers arrivants à prendre place…

Le service débute sans tarder. Comme le menu est chaque matin défini par le Maître, inutile de tergiverser sur la carte. D'ailleurs beaucoup d'entre eux n'y voient plus grand chose. Les amuse-bouches fleurissent dans les assiettes, accompagnés d'un apéritif léger, presque liquoreux. Les boîtes à pilules claquent entre les verres, les questions fusent sur la présence potentielle de sucre ou de gluten, traces de fruits à coque ou autres dangers relatifs à la composition du repas. Devant le mutisme du Maître et de ses serviteurs, les vieux chuchotent, supputent sur les conséquences, mais enfournent quand même bouchées gourmandes et gorgées veloutées. Dans la grande salle annexe, les autres convives parlent normalement. Ils commentent les plats, goûtent les vins puis échangent leurs impressions. Il fait bon, le service est rapide, précis mais non empressé. Les clients qui sortent le font en silence, ceux qui rentrent font preuve de dévotion. Le Maître demeure à sa place, en cuisine, et rares sont ceux auxquels il accorde sa présence et l'aumône de quelques paroles. On se croirait dans une église, au moment de l'eucharistie, quand le prêtre effleure le calice devant une assistance recueillie…

Pas tout à fait cependant. La porte du grand salon est refermée depuis quarante-cinq minutes et on perçoit maintenant un fort bruit de conversation. Cela est venu tout doucement, par paliers successifs. Après les pilules et l'apéritif, les entrées ont fait leur apparition, saluées par des hochements de tête admiratifs. Les dentiers se sont mis au travail sans faiblir, en silence. Au bout d'une vingtaine de minutes, certains se sont immobilisés pour laisser passer quelques mots, courte pause avant le nouvel assaut. Pendant l'ingestion du plat de résistance, sournoisement, les mots ont profité du ralentissement des maxillaires pour fleurir sur les bouches, contrariant de ce fait l'absorption des précieuses denrées. Imperceptiblement, le volume sonore est monté. La conversation dépasse maintenant le cadre du petit salon et s'écoule désormais dans la grande salle, trahie par la minceur

des vitrages. Des tables proches, on pourrait presque comprendre ce qui se dit à côté. On pourrait même entendre…
– Salopard !
Le mot a claqué comme un coup de fouet. Les clients de la grande salle suspendent leurs gestes. Serveurs et clients sont désormais immobiles, comme un film placé sur la fonction « pause ». Les oreilles se tendent, les esprits s'étonnent. Serait-il possible que… Le mot claque à nouveau, accompagné d'un rugissement. Frappée par un objet contondant, la porte de séparation s'égrène en une myriade de pièces de verre. Sous le choc, les deux panneaux s'écartent, offrant aux convives médusés un spectacle apocalyptique. Les « anciens » sont tous debout, ils s'injurient et se battent. Ici un octogénaire à cheveux blancs serre le cou d'un vieux presque momifié. Là une douairière à perruque frotte une main griffue sur la joue d'une vieille édentée, sabrant la peau parcheminée de longues zébrures écarlates. Au premier plan, deux vieux se font face, comme deux coqs fringants devant un poulailler bien achalandé :
– Salopard !
– Collabo !
Les organisateurs n'ont pas pressenti le désastre : issus des villages alentour, les pensionnaires de la maison de retraite se connaissent depuis fort longtemps, certains même depuis la Grande Guerre. Les années avaient apporté l'oubli, l'ensevelissement de leurs querelles d'antan, mais les épices magiques ont ravivé les mémoires et la vindicte sous-jacente. Les vieux sont déchaînés. Oubliée la compassion du début,

envolée la tendresse et l'amabilité. Qui plus est, ils paraissent avoir retrouvé leur vigueur d'avant. Les accompagnateurs tentent d'apaiser les esprits et de ramener l'assistance à plus de modération : peine perdue. Les invectives fusent. Un grand maigre soulève un barbu malingre et le précipite dans la fontaine :

— Tu m'as volé un stère de bois ! Souviens-toi, barbe à rats !

Les officiants font ce qu'ils peuvent pour reprendre le contrôle du service mais en vain. La bataille fait rage et ses échos parviennent enfin aux cuisines. Le Maître s'avance, silencieux, imperturbable. Il a juste le temps de baisser la tête, un pot de fleurs perdu le frôle puis va s'écraser contre une chaise, provoquant la panique. Les hordes barbares, Hong Wui les connaît. Les bandits chinois, il les a déjà rencontrés. Quant à l'Administration, la plus dangereuse selon lui, bien qu'il l'ait déjà côtoyée par nécessité, il s'efforce de rester en bons termes avec « elle ». Mais là, il se sent impuissant et ne peut que constater. D'habitude ce sont les sages qui ont les mots pour calmer. Ici, que peut-il entreprendre face à un adversaire qui n'entend rien et qu'on ne peut maîtriser, de peur de déboîter un fémur, casser un bras ou faire voler une perruque ? Désormais la bataille fait rage dans le petit salon. Deux clans semblent s'être formés, à peu près identiques de par le nombre de participants. Les injures pleuvent entre les deux. Le Maître s'avance pourtant et implore la modération avec quelques paroles mystiques. Un double grondement monte, faisant trembler les cadres. Les deux formations se jettent l'une sur l'autre, engloutissant un Hong Wui médusé. Les convives du grand salon, eux, ont fui le théâtre des combats, cherchant dans une prudente retraite vers l'extérieur un timide espoir de survie. Bien leur en a pris. Les belligérants ont maintenant envahi le restaurant tout entier et tout est bon pour se battre. Un vieux hurle sur une table tout en invectivant ses troupes. Près de lui une vieille édentée soupire, blessée à mort dans sa dignité par une fourchette dépassant de la fesse droite. Les serveurs sont pris à partie et ne doivent leur salut que par une course aussi soudaine que rapide. Une main surgit de la mêlée. Le Maître retrouve péniblement une position verticale. Il est balafré, sa tenue est déchirée. Il s'appuie sur la carcasse tordue d'un déambulateur chromé. Il regarde, il souffle, il hésite…

C'est la cavalerie qui vient le sauver. Prévenue par un appel anonyme, deux véhicules de Gendarmerie stoppent devant l'établissement. Un brigadier-chef s'avance et ouvre les bras pour demander le silence. L'instant d'après il se retrouve à terre, mordu à l'oreille par une octogénaire en furie. Ses hommes reculent prudemment et rendent compte au Central. Cinq minutes plus tard, un camion de pompiers arrive, sirènes hurlantes. Deux lances sont mises en batterie. L'eau fait voler pêle-mêle assaillants, tables, assiettes, épices et marmites…

Il est vingt-deux heures trente. La nuit est tombée. Le restaurant est dévasté. Des combattants du midi, il ne demeure que de fragiles gilets de laine, vestes en boule, cannes en échardes ou chaussures solitaires. Les survivants sont repartis, certains pour l'hôpital, d'autres pour la gendarmerie. En montant dans les véhicules, les regards étaient ternes, honteux ou affolés. Seule l'incompréhension régnait à l'unisson dans les esprits calmés. Quelques balbutiements, une excuse murmurée…

Hong Wui est assis sur une chaise bancale au milieu des gravats, seul. Du pied, il joue négligemment avec une tasse qui flotte sur le tapis détrempé. Le Maître ferait bien appel à la légendaire impassibilité orientale, mais il n'en est pas pourvu, étant né en France de parents métissés. Un juron sonore fuse entre ses lèvres minces. Son regard balaie les deux pièces : ce que les vieux n'ont pas détruit, l'eau l'a fait. Il faut tout reconstruire…

La cuisine est un peu mieux conservée. Avec un peu de chance, il ne faudrait que quelques jours pour œuvrer à nouveau. Mais que faire pour la salle ? L'air las, il sort et se pose sur un banc. Il faudrait surtout innover, changer le concept car une récidive est toujours possible. Alors que faire ? Il lève les yeux au ciel, quémandant une réponse. Au bout de quelques secondes, il sourit…

Les cuisines regorgent toujours de personnel. Chacun est à son poste, comme avant. Les mêmes recettes, mais avec un nouveau décorum et des épices différentes. La façade du restaurant est ornée d'un large panneau sur lequel on peut lire en lettres capitales : « Au bel oubli ».

Ambiance feutrée, parfums exotiques, décors teintés de mystère, le nouvel établissement propose aux clients d'oublier…

Une seule différence dans l'enchaînement des plaisirs : il faut payer AVANT !

On ne sait jamais…

*Une mention spéciale pour la plus jeune auteure lauréate
de toutes les éditions du Prix Pampelune.
Dix ans.*

Le grenier aux carnets
Charlie Corlay

Londres 1892.
— Cette exposition Zoologique était incroyable ! Autant d'animaux ! Cela me donne envie de suivre mon père dans ses explorations.
— Miss, vous ne pouvez pas, votre père vous l'a interdit ! répondit Maria, ma femme de chambre.
— Je sais, je sais, c'est trop dangereux pour moi et je suis trop jeune…, soupirai-je. Mais ce n'est pas juste ! À mon âge, Daddy suivait son père dans toutes ses expéditions, et moi, je dois rester chez Hélène pendant ses aventures !
Je grimaçai en pensant à ma tante et ses fichus chats, on aurait dit qu'elle les aimait plus que moi ! Je demandai à Maria de quitter ma chambre mais juste avant de partir, elle me dit :
— D'ailleurs, miss, votre père prépare une expédition au Honduras.
— Quoi !? Et vous ne pouviez pas me le dire plus tôt !
Elle haussa les épaules et sortit. Je m'étalai sur le lit. Il était hors de question d'aller chez Hélène cette fois-ci !
Petit à petit, un plan se formait dans mon esprit. Je ne demanderai pas à Daddy, car je connaissais la réponse. Non, je le suivrai en cachette. C'était une idée saugrenue et risquée, mais cela valait le coup ! Je préparai ma valise : pas de belles

robes, de chapeaux à fleurs ni de bijoux cette fois-ci, mais des pantalons résistants et des tricots épais, ça, oui ! J'emportai aussi des carnets et des crayons pour prendre des notes pendant mon voyage. Dans quelques jours, je serai dans le bateau et personne ne pourra m'arrêter !

Quatre jours plus tard.
– Lissa ? Tu peux venir s'il te plait ?
Et c'était reparti pour le discours « Je dois partir en voyage trop cool pour mon travail et toi tu restes là à t'ennuyer, bisous ! »
Je descendis avec mon air de-petite-fille-qui-ne-sait-pas-du-tout-ce-qui-se-passe.
– Tu pars ?
– Oui ma chérie, je vais dans la péninsule du Yucatan à la frontière du Honduras et du Mexique.
C'était donc ça, le Honduras…
– Et non je ne t'emmènerai pas : c'est une forêt dangereuse, pas faite pour les petites filles !
Je tiquai au mot « petite », c'est vrai quoi ! Je n'étais plus si petite ! J'allais avoir douze ans en mai, et ça commence à faire vieux, je trouve ! Il se retourna pour donner les dernières instructions à sa femme de chambre, et un petit sourire de diablotin étira mon visage. J'attendis que Papa monte dans sa chambre pour se préparer, puis je filai jusqu'au port avec ma valise. Je montai en vitesse sur le bateau. Je cherchai l'ouverture qui menait aux cales, et finis par trouver un petit escalier. Je descendis les marches quatre à quatre pour arriver dans une grande pièce pas très bien éclairée qui me faisait

penser au grenier de ma grand-mère. Une odeur de nourriture planait dans l'air. J'entendis des voix se rapprocher, je plongeai derrière un tonneau de provision juste à temps. Un soupir sortit de ma poitrine quand ils partirent. Je savais qu'à un moment donné, papa me trouverait et qu'il faudrait tout lui dire, mais pas maintenant, pas au début du voyage. Soudain, j'entendis le moteur tourner et les ordres de mon père. Quand le bateau commença à avancer, je me demandais si je n'avais pas fait une grosse bêtise…

Cela faisait plus de trois semaines que nous naviguions et j'avais entendu dire que nous arriverions le lendemain. Tout s'était merveilleusement bien passé, personne ne m'avait découverte et vivre dans les cales d'un bateau ne fut pas aussi désagréable que je le pensais. Puis tout a viré en catastrophe ! J'étais en train de déguster un fruit inconnu, quand mon père et quelques hommes sont descendus. Je me cachai derrière un énorme sac, et attendis qu'ils partent… en vain. En fait, ils venaient tout simplement vérifier les réserves. Mais ça, je ne le savais pas en choisissant ma cachette. Un des hommes s'est approché de moi, a saisi le sac et me vit ! Mon cœur rata un battement.
– Qu'est ce que tu fais là ? T'es qui ?
– Je… Je me suis perdue… (c'était le pire mensonge de l'univers).
– Dans un bateau ?
– Euh… Oui.
Il me regarda longuement avant de crier :
– Patron, venez voir ! Vous la connaissez ?

– Non, NON ! m'écriai-je.
– Qu'est ce que…
Quand il me vit, le visage de mon père devint rouge de colère. Il me postillonna au visage en hurlant :
– Qu'est ce que tu fais là ?!! Tu devrais être chez Hélène !!! Tu n'avais pas le droit d'embarquer !!
Et il continua comme ça pendant un bon moment. Tous les marins étaient venus voir ce qui se passait. Moi, j'étais recroquevillée de peur, enchainant les excuses à tout ceux qui voulaient les entendre…
Quelques heures plus tard, il culpabilisait de m'avoir crié dessus et nous sommes allés manger ensemble sur le pont nord du bateau. Je dus tout lui expliquer, mais au milieu de mon récit, je me tus… Une énorme forêt se dressait à l'horizon. Le Honduras, enfin ! Des étoiles brillaient dans les yeux de mon père, plus aucune trace de colère. Nous étions arrivés !

Tokyo 2025.
    Je refermai le deuxième carnet de mon arrière-arrière-grand-mère en soupirant. Je n'avais toujours pas compris pourquoi mon ancêtre habitait Londres et était riche alors que j'étais pauvre et à Tokyo. Je me creusais les méninges et secouai la tête ; non, cela n'avait aucun sens. Elle trouvait injuste que son père ne l'emmène pas avec lui pendant ses explorations. Moi, ce que je trouvais injuste c'était qu'elle vive dans le luxe et moi dans la pauvreté.
Voilà quelques jours que j'avais trouvé ces vieux carnets, au grenier, et j'avais peur de ce qui allait lui arriver. Elle partait

chez les Mayas, cette civilisation créative et joyeuse qui avait traversé les âges, derrière laquelle se cachaient de la colonisation et des sacrifices. Où allait-elle arriver ?
Bref, je pris le carnet suivant et me remis à lire…

Péninsule du Yucatan 1892.
Nous remontions un fleuve, le Rio Grande, pour arriver proche de Luambatum. D'après mon père c'était un site archéologique magnifique, une merveille pour les archéologues. J'avais hâte d'y être ! Les Mayas me fascinaient depuis toujours, alors voir une de leur pyramide autrement que dans mes livres d'histoire serait magique !
Après une heure de marche dans la jungle, envahie de moustiques, nous arrivâmes enfin !
Incroyable ! Des dizaines, des centaines de pyramides se dressaient devant nous, dans une végétation luxuriante. J'allais m'amuser comme une folle !
Nous commençâmes à dresser le campement…
– Et ça, ça se met où ? Raahh !!
Cela faisait tellement longtemps que j'essayais de dresser cette fichue tente et je n'y arrivais toujours pas. C'est vrai quoi ! Pourquoi y a-t-il autant de bâtons ? Et ces crochets, c'est quoi ? Et pourquoi y a-t-il deux toiles ?
Je décidai d'aller voir mon père.
– Daddy ? Est-ce que tu peux m'aid…
– Pas tout de suite, ma chérie. Si tu as faim, va demander à Balam !
– Mais… Daddy…
– Pas tout de suite !

Bon je devrai me débrouiller seule !

La journée passa tellement vite que je me demandai si je n'avais pas rêvé. Ma tente ressemblait à un tas de chiffon et mon père ne voulait toujours pas m'aider. J'avais peur mais j'étais excitée de passer ma première nuit sur ce nouveau continent.

J'avais tellement envie de voir ces pyramides Mayas que je décidai de m'aventurer dans ce lieu sacré. Et ce n'était pas bien loin. Tant pis pour la tente !

Je m'avançai, discrètement, dans la végétation et finis par apercevoir les premiers monuments. Je continuai à m'avancer dans les allées débroussaillées par mon père et ses hommes. J'étais fascinée par ces très anciennes pyramides.

Soudain, j'entendis un petit couinement derrière l'un des bâtiments. J'approchai doucement et aperçus un petit singe très mignon qui (je crois) pleurait. Il leva ses grands yeux tristes vers moi et se mit à pousser des petits cris de terreur.

– Doucement, je ne te veux aucun mal.

Il n'avait pas l'air du tout convaincu.

– Tiens, regarde…

Je sortis de mon sac une belle mangue qui devait me servir de goûter. Je la coupai en deux et lui tendis l'un des deux bouts.

– Tiens, mange ! Miam, miam !

Le petit singe me regarda, puis regarda la mangue, et aussi vif que l'éclair, il prit les deux moitiés du fruit et s'enfuit dans la forêt !

– Eh, revient, c'est ma mangue !

Je le poursuivis en courant.

– Eh !

J'entendis des petits couinements qui me firent penser à un rire… Je dus faire trois fois le tour de la forêt pour m'arrêter sous d'énormes arbres. J'étais tellement épuisée que je dus faire un petit somme, car, quand je me suis réveillée, le soleil était presque couché.
– Oh non !
Je ne sais même pas dresser une tente avec le matériel, alors sans…
J'étais paniquée et absolument sûre que j'allais me faire dévorer par le premier animal venu. Je tentais désespérément de me faire une cabane avec les branches et les feuilles que je trouvais :
– Peut-être que si je mets ça comme ça… Oups !
Ma « cabane » s'était écroulée et il faisait presque noir : j'étais fichue !! Je finis par prendre trois énormes feuilles et les adossai à un tronc d'arbre mort. Dès la nuit tombée, j'entendis les premiers bruits : des cris étranges et des plantes bouger… Je sentais mille yeux m'observer dans la pénombre où la seule source de lumière était la lune. La peur s'empara de moi… Mais la fatigue finit par triompher et je sombrai dans le sommeil.
– Pouic pouic pouiiiic !
Je me fis réveiller cette fois-ci par Chenapan. C'est comme ça que j'avais décidé d'appeler le petit singe. Il poussait des cris perçants près de mon oreille.
– Aïe… aïe ! C'est bon, je me lève.
Mon ventre gargouillait. Je m'assis par terre pour réfléchir. Perdue en forêt, rien à manger, et un énervant petit ouistiti qui

m'avait volé mon seul moyen de réduire ma faim… Je doutais de revoir mon père un jour…
Petit à petit, je sentis des larmes couler sur mes joues. Des larmes, de tristesse, de ne plus jamais revoir ma famille, de honte, de m'être perdue, et de peur, de ce qui allait m'arriver. Elles coulaient sans que je puisse les arrêter. Le petit singe s'approcha et se blottit contre moi en gémissant. Un sourire étira mon visage.
J'étais toujours épuisée, mais bien décidée à retrouver mon père. Je sautai sur mes pieds.
– Alors, on commence par où ?
Chenapan grimpa à un arbre et se balança de branches en branches. Je me mis à courir pour le suivre.
– Eh ! Attends-moi !
Il poussait des petits cris d'excitation.
– Pas de coup fourré, hein ?
– Pouic pouiic !
– Je rigole pas…
Et quelques minutes plus tard…
– Lissa ?
Je retins mon souffle : ça ne pouvait quand même pas être si facile !
– Lissa ?
– Daddy ? murmurai-je. Et, soudain, je le vis ! Daddy !
Je courus aussi vite que possible et l'étreignis ! Je pleurai de joie.
– Chuut… Tout va bien ma chérie, je suis là.
Je resserrai mon étreinte.
– Je t'aime Daddy.

Tokyo 2025.

Waw, waw, waw ! Cette histoire était incroyable ! Et mon arrière-arrière-grand-mère était géniale ! J'avais quatorze ans, donc deux ans de plus qu'elle au moment de cette première histoire, mais jamais, JAMAIS, je n'avais vécu une aventure aussi palpitante, et je n'en vivrais sans doute jamais.
Après celui-ci je dus lire une vingtaine d'autres carnets.
J'avais quinze ans quand je m'attaquai au dernier livret, après de nombreux voyages avec elle. Je l'ouvris, prête à dévorer encore une de ses aventures, mais la première page était vierge… La deuxième aussi.
En fait, tout le carnet était vide, à l'exception d'une écriture, en haut de la première page : « *Tokyo 1907. Dimanche, je ferme ma valise, direction le japon.* »
C'était donc ça ! Quinze ans plus tard, elle avait dû voyager à Tokyo, rencontrer quelqu'un et fonder une famille.
Voilà pourquoi j'étais là…
Soudain, prise d'une inspiration subite, je pris les premiers ciseaux venus et me coupai les cheveux à la garçonne, descendis dans la « salle de bain » et mis l'ancien maquillage de ma mère pour me faire passer pour une lycéenne. Je pris ma vieille guitare et mon sac à dos, ouvris la porte dans un grincement, et partis.
Les larmes coulaient sur mes joues en m'éloignant de mes parents et de la maison où j'avais grandi.

Je voulais voir de nouveaux horizons, rencontrer de nouvelles personnes. Les larmes ne cessaient de couler tandis que je m'éloignais.
Je te promets Lissa que je finirai ce carnet.

SOMMAIRE

Par-delà le Mur de la Colonie	4
Le château	11
Entre les lignes	21
Le cabinet de curiosités	29
La plaque funéraire d'Imar	36
Aveinashê	46
Un si lointain soleil	55
L'exposition	64
Jour de chasse	71
Mon beau sapin...	80
La Dame du Kordofan	88
Tu es leur fille	97
Cabriole	107
Le père Lebigre	117
Le dernier chant d'Alaric Dael	120
Tous pour un	129
Ne faites pas ça	135
Quatre murs et un toit	143
Les voisins	149
Connexions	158
Rappelle-toi, barbe à rats...	170
Le grenier aux carnets	178